JN097579

日之影ソラ

illust. Noy

2

# パワハラ限界勇者、魔王軍から好待遇でスカウトされる

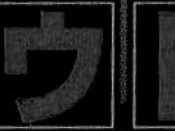

〜勇者ランキング1位なのに手取りがゴミ過ぎて生活できません〜

CONTENTS



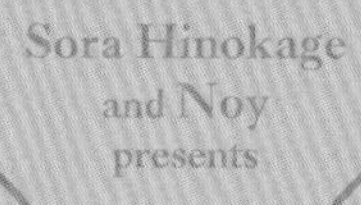

# パワハラ限界勇者、魔王軍から好待遇でスカウトされる2
## ～勇者ランキング1位なのに手取りがゴミ過ぎて生活できません～

日之影ソラ

illust. Noy

## Characters

**アレン**
勇者ランキング
元１位の最強勇者。

**リリス**
アレンをスカウトした
Fランクの最弱魔王。

**サラ**
アレンの生活を支える
専属メイド。

**レイン**
勇者ランキング現1位。
光の聖剣の使い手。

**フローレア**
レインの相棒。聖女の
見た目をした戦闘狂。

**アガレス**
年老いた古の魔王。
リリスとは同盟関係。

# 第一章　大罪の魔王

勇者とは何か。

人類の未来を守るために戦い、正義を胸にその生涯の全てを捧げる者。人を愛し、人を尊び、人に尽くすために生まれた存在。

魔王とは何か。

魔を統べる者。邪悪にして凶悪。己が目的のためなら仲間すら手に掛ける非情なる悪魔の王であり、人類最大の敵である。

勇者は誰がために、魔王は己がために力を振るう者。それ故に反発し合い、いつの時代も相容れることなく争い続ける宿命にある。


そんな常識を覆す出来事が現代で起こった。

勇者ランキング不動の一位に君臨する最強の勇者アレンが王国の、人類の敵に回ってしまったのだ。

彼の隣を歩くのは、かの大魔王の娘でありながら、最弱と呼ばれる幼き魔王リリス。

最強の勇者と最弱の魔王のコンビは、次々に向けられた刺客を撃退し、その実力を、存在を世界に知らしめた。

目的はもちろん、世界征服。

否、ただの世界征服にあらず。かつて偉大な大魔王が真に願った未来。全種族の共存を目指し、最強の勇者は幼き魔王と共に歩む道を選んだのだった。

そう、彼の本質は変わらない。

彼が求める未来は常に、人類の幸福と安寧を求めている。たとえ王国に裏切られようと、咎めを受けようとも、彼は勇者であり続ける。

人々の未来のために、世界の平和のために、その力を振るい続けるだろう。


だが、忘れてはならない。

彼もまた、一人の人間に過ぎないということを。人は弱く、脆く、簡単に壊れてしまう。よく食べ、よく寝て、よく休むことでようやく、人間らしい生活の基盤は整う。

そう、勇者も人間であるのならば、人間らしい生活を送る権利がある。いいや、そうしなければいずれ、人間の身体は脆く崩れ去るだろう。

すなわち、身を粉にして戦う彼らにとって、何より大切な物は……。

労働に見合った報酬かもしれない、ということだ。

◇◇◇

「特訓を始めるぞ」

「きょ、今日もやるのか？」

「当たり前だろ？　一日でもサボると強くなれないぞ」

レインとフリーレアが去った後、俺たちはいつものように特訓を始める。つもりだったが、案の定リリスが駄々をこねた。

「じゃ、じゃが昨日はほら、あやつらと戦ったじゃろ？」

「そうだな」

「激戦じゃったろ？」

「そうだったな」

「じゃから今日くらいはゆっくり休んでも……」

「ダメだ」

俺の意見は変わらない。何を言われても、特訓を始める意志を見せる。俺の隣にはサラもいて、彼女も協力する姿勢を示している。

この場で嫌がっているのはリリスだけだ。

「い……嫌じゃあああああああ！　今日くらいは休みたい！　のんびりしたいのじゃ！」

「お前も懲りない奴だな。そんな駄々が俺に通じると思ってるのか？」

「むぅううう～　ワシだってちゃんと成長しておる！　あのイカれた勇者にも勝ったんじゃぞ！」

「うっ……」

「サラと二人がかりでやっとな」

俺は大きくため息をこぼす。サラは毅然とした態度を崩さない。たぶん、彼女は理解している。昨日の勝利が、本当の勝利とは呼べないことを。

「じゃ、じゃが勝ったのは事実じゃろ」

「お前ひとりで勝てたか？」

「むっ、……やってみんとわか――」

「無理だな。絶対に負ける」

リリスが言い終わるより早く、彼女の言葉を否定した。子供相手に少々厳しいことを言うが仕方がない。

勇者相手に、その甘さは命取りだ。

「気づいてないようだから言っておくが、フローレアは本気じゃなかったぞ」

「な、そうなのか！」

「やっぱり気づいてなかったな……サラは気づいてただろ？」

俺は彼女に視線を向ける。すると、サラは小さく頷いて肯定した。

「さすがだな」

「ど、どういうことじゃ。なんでそんなことわかるんじゃ！」

「私たちは王都出身です。フローレア様とも以前から面識があります」

「勇者として活動してると、嫌でも他の勇者の噂は聞く。時には共闘することもある。だから知っているんだよ。彼女が本気なら、二人とも生きていない」

断言する俺の言葉に圧倒され、リリスはごくりと息を呑む。

脅すつもりはなかったが仕方がないか。紛れもない事実だ。おそらく無意識だが、彼女はあの戦いで手を抜いていた。

『最善』の勇者フローレア。彼女は全ての善を愛し、あらゆる悪を憎む。人間が悪魔に味方する……それは紛れもなく、彼女にとって悪だ。

本来の彼女の性格なら、もっと怒り乱れているはずだった。俺はかつて、彼女がそうなった姿を見ている。

「あの時彼女は冷静だった。悲しむことはあっても、怒りには至っていなかった。だから勝機があると思ったんだよ」

その意図を、サラは悟ってくれていただろう。でなければ俺は最低だ。勝てもしない相手を二人に任せたのだから。

「あれで手加減しておった……じゃと……十分化物じゃったぞ」

「それだけ強いってことだ。前に来たシクスズも、あいつは性格は最低だが実力は本物だった。勇者ランキング十位以内、称号を持つ勇者は他と実力に差がある。少なくともお前は、あいつらより強くならなきゃいけないんだ」

「う、うむ……」

彼女はごくりと息を呑む。今の彼女では、戦って五秒も持たないだろうな。

仮にペンダントの力を行使して大人になっても、善戦こそすれ勝利は難しい。そしてもう一つ――

「俺たちの敵は勇者だけじゃない。ずっと動きがなかったが、そろそろ動き出すぞ」

「そ、そうじゃのう……」

魔王の称号を冠する悪魔の中で、抜きんでた強者がいる。彼らはただの魔王ではない。特別な力と、名を手に入れた魔王たち。

――『大罪の魔王』。

そう呼ばれる七人の魔王がいる。

【傲慢】、【嫉妬】、【憤怒】、【怠惰】、【強欲】、【色欲】、【暴食】。

悪しき感情を象徴する二つ名を有し、魔法ではない特異な能力をその身に宿す者たち。全員がSランク指定され、上位の勇者でなければ戦いにすらならないと言われている。

「俺も以前、大罪の魔王とは戦っている」

「ど、どうじゃった？」

「もちろん勝ったさ。そうじゃなきゃここにいない」

「そ、そうじゃな」

「……だけど、今でも覚えているよ。あいつらとの戦いは、文字通り死闘だ」

明らかに他の魔王とは実力が違った。

宿した異能の厄介さもそうだが、魔法、身体能力もずば抜けている。

もし仮に、彼らが手を組んで王国に攻めこめば、人類なんてあっという間に蹂躙（じゅうりん）されるだろう。互いにけん制し合い、不可侵や敵対を貫いていることが救いだ。

「大魔王……かつてお前の父が目指した理想を貫くなら、彼らとの衝突は免れない」

「わかっておるのじゃ。あやつらは……特にあの三人は、ワシがこの手で倒さなければならんのじゃ」

珍しく、弱音を吐かなかった。

リリスは怒りの感情を露わにして、握った拳を震わせる。

「三人？」

「……ルシファー、ベルゼビュート、ベルフェゴール……あやつらは元々、お父様の部下じゃった」

「――！」

俺は驚き僅かに反応する。三人の魔王が、大魔王の配下だった事実もそうだが……彼女が名を挙げた三人の魔王は、王国でも特に危険視していた魔王だからだ。

「あやつらはお父様が死んで、この城を去った。配下の悪魔もたくさん連れて……裏切り者じゃ」

「リリス……」

「じゃから絶対、ワシが思い知らせてやるんじゃ！　お前らなんかじゃお父様のようになれないって！　ワシが大魔王になって証明するんじゃ」

「……そうか」

だったら尚更特訓しないといけないな……とか、今の彼女に言うのは野暮だろう。

彼女の決意を感じる。そこへひらりと、一枚の手紙が落下してくる。

手紙は地面に落ちた。野外だから天井はなく、上には空が広がっている。見上げると頭上には、黒い鳥がぐるぐると飛んでいた。

「ん？　なんだこれ？」

肩に乗る程度の小さな鳥だ。魔物ではなく、敵意もないので気づかなかった。

「伝書ガラスじゃな。悪魔同士が連絡を取る時に使う鳥じゃ」

「じゃあこの手紙はお前宛か？」

「そうじゃろうな」

俺は手紙を拾い上げる。これがリリス宛。じっと見つめてから、リリスのほうを見る。

「なんじゃ？」

「……お前、連絡する相手とかいたんだな。ボッチだと思ってた」

「誰がボッチじゃ！　ワシにだって友じ……はおらんが部下はおるのじゃ！」

「帰ってこない二人だろ。じゃあこの手紙はそいつらの……」

特別魔法がかけられているわけでもない。安全を確認して、俺は手紙の封を切る。

「おい、ワシ宛じゃぞ！」

「……ふっ」

なるほど、これはちょうどいい知らせかもしれないな。

そう思って笑みがこぼれた。

「なんじゃ？　誰からじゃった？」

「魔王ルシファー」

「なっ……ルシファーじゃと！」

驚くのも無理はない。話題に出した途端、狙いすましたかのように届いた一通の手紙。その内容は、ある場への招待だった。

「喜べリリス、早々に奴らと対面する機会が舞い込んできたぞ」

七日後。大罪の魔王が全員集う会議が行われる。

その場に、俺たちが招待された。

大罪会議。魔王の中でも大罪の名を冠する悪魔が集う場。事実上、現在の魔界を支配しているのは彼らだという。つまりは魔界の最高戦力が一か所に集まる。

「そんな会議があったなんて知らなかったな」

「始まったのは最近じゃよ。五十年ほど前からじゃ」

「人間に五十年は長いんだよ」

俺たちは会議が行われる場所に向かっていた。

魔界の最北端にあるリリスの魔王城から出発して五日。地上を移動できない場所は、聖剣オーディンの能力で飛行し、西の果てにあるルシファーの領地へ入る。

大罪の魔王たちの中でも、ルシファーを含む数名はそれぞれに領地、国を築いていた。

俺たちは歩を進め、ルシファーが治める街へと入る。

「……悪魔の街か」

「なんじゃ？　初めてじゃったか？」

「そんなわけないだろ？　今まで何度も見てる。その度に思うんだよ」

街の景色を見渡す。歩いているのは人間ではない。この街にいる人間はおそらく、俺とサラだけだ。

今はフードとローブで全身を隠しているが、これを取ればさぞ目立つだろう。

その違いさえ除けば、ここは普通の街だ。家があって、住んでいる者がいて、商店街に遊び場……規模も王都と変わらない。

「悪魔と人間の違いって、結局は見た目だけなんじゃないかな」

「そんなわけないじゃろ。生きる時間も身体の作りも違うんじゃぞ。亜人なんてもっと違う」

「……確かにそうなんだけどさ。こうして普通に生活してる。この景色は、人の景色と変わらないんだよ」

つくづく思う。人間が生きている時間を、悪魔たちも同じように生きている。

この国に、王であるルシファーに守られて。仮にここで、俺がルシファーを倒してしまったら、彼らの生活はどうなるのだろう。

きっと見るに堪えない結果になる。他の魔王に蹂躙され、支配され、平穏は破られる。

俺たち勇者の行いがそういう結果を生む。果たして、勇者と魔王に違いなんてあるのだろうか。

「アレン様、そろそろ魔王城に到着します」

「――ああ」

サラが諭すように俺を見つめる。

そうだな。悩むのは後からでいい。今はこの場を、どう乗り切るか考えるべきだ。

アレンたちが魔王城付近に到着した頃。すでに城内では大罪の魔王たちが集まり、会議を始めていた。

「なぁおい、この会議毎回やってるが意味あんのか？」

そう文句を口にした巨漢。腕が六本ある阿修羅（あしゅら）の化身、【暴食】の魔王ベルゼビュート。かつて大魔王サタンに仕えた幹部の一人である。

「まったくですよ～　ボクだって忙しいんですからね～」

彼に賛同しながら欠伸（あくび）をする小柄な悪魔がいる。一見子供に見えるが、生きた年数はこの場で最も長い。

【怠惰（たいだ）】の魔王ベルフェゴール。ベルゼビュートと同じく、かつてサタンに仕えた幹部の一人。

円卓に座る他の魔王たち。

【嫉妬】の魔王レヴィアタン。
【憤怒】の魔王アンドラス。
【強欲】の魔王マモン。
【色欲】の魔王アスモデウス。

そして最後の――

「まぁそういうな。こうして俺たちが集まることには意味がある。ここは俺たちの魔界だと、世界に示す意味がね」

【傲慢】の魔王ルシファー。ベルゼビュート、ベルフェゴールと共にサタンに仕えた悪魔の一柱。大罪会議の主宰であり、彼が始めたことでもあった。故に会議の場を提供している。

魔王たちは自己中心的で、誰かに従うことを好まない。

自らが王を名乗り、他を支配することを望むが故に。だからこそ、気に入らなければ壊す、殺す。

「忙しいのに集まってくれて感謝するよ。いつもありがとう」

そう、そんな彼らがルシファーの元に集まっている。一癖も二癖もある魔王が、一度も欠かすことなく会議に出席している。

人類は未だ知らない。大罪の魔王たちが仲間でこそないが、いつでも結託できる距離にいることを。

もし知れば、絶望するだろうか？

否(いな)、彼らには希望がある。もっともすでに失われてしまった希望だが……。

「まぁ、退屈な想いをさせていることは心苦しいと思っている。だから、今日は特別なゲストを招待しておいたよ」

「ゲスト？」

「えぇ、誰か来るんですかぁ？」

ルシファーはニヤリと笑みを浮かべる。

「ああ、とっておきのゲストだ。お前たちも……覚悟するといいよ」

期待、ではなく覚悟と言った。

その意味を瞬時に理解する。すでにゲストは会議室の前まで来ていた。

扉の前に立っている。

気配は三つ。注目すべきはそのうちの一つ。大罪の魔王たちは、誰もが知っている気配を感じ、警戒した。

扉が開く。

現れた者たちに、大罪の魔王たちは驚愕(きょうがく)する。

俺たちは扉の前に立っている。

感じる。この扉の向こうに、魔王がいる。それも……頭抜けた強者たちが。初めてかもしれない。魔王を前にして、これほど身体が震えたのは。

恐怖？

違うな。武者震いってやつだ。

俺の感情に呼応するように扉は開き、大罪の魔王たちと対面する。

「ようこそ――我が城へ。招待状は受け取ってくれたみたいだね？　リリス」

「久しぶりじゃのう。ルシファー」

「ああ、少し見ないうちに大きくなったんじゃないか？」

「たわけが。百年ぽっちで悪魔の見た目が変わるわけないじゃろう。ぬしらも変わっておらんな」

強者の前だというのに、リリスが珍しく強気でしゃべっている。相手が彼らだからだろう。

大魔王の元幹部たちは、リリスと面識がある。それから……。

「おいおい、こいつはどういうことだ？　ルシファー！」

「ん？　どうしたんだい？　ベルゼビュート」

「どうしたじゃねーだろ！　てめぇ、説明しやがれ！　なんで勇者がここにいる？　しかもこいつは……」

「そうだね。『最強』の勇者アレンだ」

知った上でルシファーは俺たちを招待した。

突然立ち上がり、ルシファーに詰め寄った大男がベルゼビュートか。

「びっくりしちゃいましたよぉ～　招待したのって勇者だったんですねぇ～」

「そうだよ、ベルフェゴール。驚いてくれたようで何よりだ」

その隣にだるそうに座っている子供が……ベルフェゴール？

見た目はリリスと大差ない。けど、内に秘められた魔力の量が尋常じゃない。

間違いなく、この中でもトップクラスの実力者。他に座っている四人も大罪の悪魔か？

見ない顔ぶれが多い。さすがに顔と名前は一致しないだろう。他の四人の魔王と比較しても、ベルゼビュートとベルフェゴールの力は強大だ。

頭一つ抜けている。が、それ以上にこいつは……。

「こうして話すのは初めてだね？　会えて光栄だよ、勇者アレン」

「こんな対面の仕方をするとは思わなかったけどな。魔王ルシファー」

俺たちが互いに視線を交わす。四人の魔王より、先に挙げた二人より、この男は強い。

現代最強の魔王……俺と同じ、最強の座にいる存在。

ダメだな……手が震える。

「嬉しそうな笑顔だな」

「――！」

無意識だった。俺はルシファーを前にして、笑っていたのか？

「――で、どういうつもりなんだよ」

「ん？」

「惚けた顔すんじゃねーよ。こいつら呼び寄せて何がしたかったんだ？　つーか、なんで勇者アレンとリリスが一緒にいるんだ？」

魔王ベルゼビュートがリリスを睨む。巨漢に似合った鋭い視線を前に、リリスは一瞬ビクッと身体を震わせた。が、幸いなことに顔見知り故か、すぐに持ち直す。

「アレンはワシの部下になったのじゃ」

「部下？　勇者がお前の配下になったっていうのか？　冗談だろ、おい」

「事実じゃ。じゃからワシらは共におる」

ベルゼビュートは静かにリリスを睨んだまま数秒の沈黙を挟み、小さくため息をこぼす。

「……はぁ、ガッカリだぜ」

その視線は、冷たく静かに怒っていた。否、呆れていた。リリスもそれを感じ取り、ぶるっと身体を震わせる。

「仮にも大魔王の娘が、勇者の力に頼りやがったか。恥知らずにもほどがあるぜ」

「なんじゃと……」

「事実だろうがよぉ。てめぇ一人じゃ何もできねーから、勇者に泣きついて部下になってもらったんだろ？　こんな奴が娘って……大魔王様も笑ってるだろうよ」

「貴様……言わせておけば……」

挑発され、怒りで身体を震わせるリリス。父親まで馬鹿にされて、彼女が黙っているとは思えない。

今すぐにでもペンダントの力を使い、ベルゼビュートに襲いかかりそうだった。

俺はそうなる前に制止する。

「……アレン」

「今は抑えろ、リリス」

彼女自身わかっているはずだ。今、ここで自分が暴れたところで無意味なことは。この場にいる魔王の中で、自分が一番劣っているのだから。

「その怒りはとっておくんだ」

「……うむ」

「言っとくが、さっきのセリフはてめぇにも言ってんだぜ？　勇者アレン」

ベルゼビュートは続けて俺を睨んでくる。明らかな敵意、殺意のこもった視線を向ける。

「最強の勇者ともあろうものが、そんな弱い悪魔の手下？　はっ！　最強ってのは戦いじゃなくて子守のことだったか！」

「……」

「こんだけ煽られて何も言い返せない。所詮てめぇらその程度の――」

「勘違いするなよ」

瞬き一回。刹那のひと時に、七柱の魔王は目撃する。七つの異なる聖剣が、自らの眼前に突きつけられたことを。その全ての聖剣が、俺の力であることを。

俺は円卓に上り、ベルゼビュートに原初の聖剣を向けている。

他の奴らは拳一つ分離れているが、ベルゼビュートは特別に、肌に刃が触れる距離まで近づけた。

「てめぇ……」

「俺がその気になれば、この場で全員を殺すことくらいできるんだよ。でも、それじゃ意味がない。【大罪の権能】だったか？　その力は悪魔が倒さないと奪えないって話じゃないか」

彼らが持つのは大罪の称号だけではない。その名を冠するが故に持つ特殊な力、【大罪の権能】をそれぞれ有している。

権能を持つ悪魔を別の悪魔が殺した場合、殺した悪魔に権能が移る。

権能は悪魔にしか使えない。他の種族が仮に勝利しても受け継げず、権能はランダムで他の適応者のもとへ移動してしまう。

「お前たちを倒すのはリリスの役目だ」

「リリスがオレたちに勝てると思ってんのか？」

「勝てるようにするんだよ。あいつはいずれ必ず、大魔王と呼ばれる存在になる。最強の俺が鍛えてるんだ。最強になってもらわなきゃ困る」

大魔王サタン。彼はかつて、全ての【大罪の権能】を有していた。

大魔王になるということは、この場にいる魔王たちに勝利し、大罪の全てを手に入れること。

リリスが成し遂げなければならない試練だ。

「それと、俺は別にリリスの部下ってわけじゃない」

「あ、アレン？」

リリスがあからさまに慌てている。何を心配そうな顔をしているんだか。

ベルゼビュートはあざ笑うかのように言う。

「じゃあ何だよ。逆にお前がおもちゃにするつもりか？　そういう趣味か」

「お前も他人を変態扱いするのか……リリスに似てるな」

「んだと！」

ベルゼビュートは苛立(いらだ)ちをみせる。リリスと同じという言葉が気に入らなかったのか。七大罪の座にいながら、最弱であるリリスを意識しているのだろうか。

「ふっ、部下じゃない。俺はあいつの……リリスが父親から受け継いだ理想に共感した！　同じ夢を見る仲間だよ」

「大魔王様の理想？」

ベルゼビュートは頭に疑問符を浮かべたようなしかめっ面をする。

この反応……まさか知らないのか？

元幹部の癖に？

それって、よほど信用されてなかったんじゃないか？

「ははっ」

「何笑ってやがるんだ」

「いや別に、ちょうどいい。今日、ここへ来たのは周知させるためだったんだよ。俺たちの目的を！」

全員が改めて俺に注目する。

「よく聞け魔王ども！　俺たちが望むのは全種族の共存だ！」

「……へぇ」

「共存ですかぁ？」

「んだそりゃ」

魔王たちの反応を見て、次のセリフを口にする。彼らは訝しみながら、俺の言葉を待っていた。

「そのためには魔界を統一する必要がある。なら、手に入れるべきはお前たちの力だ。共感するなら共に戦おう。抵抗するなら……その力、奪わせてもらう」

「……はっ！　勇者のセリフとは思えないなぁ」

「俺としては、勇者なんてとっくに辞めてるつもりだ。けど、周りはまだ俺を勇者扱いするんでね」

「オレたちに啖呵キレる奴なんざ、勇者以外にいるかよ。んで、そんな大口叩いたんだ。この場でおっぱじめるか？」

ベルゼビュートからこれまでの中で最大の殺気が放たれる。俺に向けた殺気だが、離れているサラやリリスにも伝わっている。

二人とも硬直していた。無理もない。魔王の中でも間違いなく、この男は三本の指に入る強者だ。

「どうすんだよ？」

「……さっきも言った通りだ。ここで俺が倒しても意味がないんでね」

俺は聖剣をしまう。

「俺に戦う気はない。が、どうしてもというなら受けて立つぞ」

「……」

にらみ合う。一触即発の雰囲気が流れる。

最悪の場合、ここで大乱闘ってパターンも考えられるが……。

パチパチパチ。

緊張を和らげるように、拍手の音が響く。手を叩いているのはルシファーだった。

「ルシファー……」

「見事だ、勇者アレン。宣言は確かに受け取った。ここで戦うのはやめてもらおう。俺たち魔王は、この場での戦闘行為を禁止する……という契約を結んでいるんだ」

「なんじゃと？」

「ああ、もちろん攻撃された場合は別だ」

無抵抗の魔王を倒せる、とでも考えたのだろう。リリスがガッカリしている。そんな簡単に済めばよかったんだけどな。

「チッ、ばらしやがって」

ベルゼビュートの舌打ちが響いた。

こいつ……わざと挑発して攻撃を誘ったな。そうすれば契約を無視して戦えるから。ベルゼビュートは残念な顔をしている。

「ずるい奴だな、お前は」

「……はっ！　てめぇに言われたくねぇよ、ペテン師が」

ただの短気な馬鹿だと思ったらそうじゃないらしい。もし本気でぶつかっていたら……どうなっていただろう。

　場が静まり返り、空気が固まる。その空気を壊すように、ルシファーが皆に提案する。

「さて、今回の会議はここまでにしようか」

「ああん？　もう終わりかよ」

「ああ。彼らをここへ招待したのは彼らの目的を確認するためだ。もしかしたら仲良くできるかも……と思ったけど、難しいようだな」

「当たり前だろーが」

　呆れながらベルゼビュートはぼやく。ルシファーは笑みを浮かべる。

　俺と視線が合う。

「仲良く……ねぇ」

　思ってもいないくせに。

【審判の加護】がルシファーの嘘に反応した。口では仲良くなんて言っているが、本心ではそう思っていないことを、俺の加護は見抜いている。

「お前たちも覚悟しておくんだ。彼らは俺たちを狙っている。最初に狙われるのは誰かな？」

　今後が楽しみになってきた」

「けっ、いつでも来いや」

「ボクは面倒なんであとでいいですぅ～」

ルシファーの忠告に、ベルゼビュートとベルフェゴールが応答した。他の魔王たちも反応はしているが、言葉には出さない。

こうして、大罪会議は終了する。会議終了から各城へ戻るまで、彼らは戦闘行為ができない。そういう契約となっている。知っているのは彼ら自身と、一部の幹部のみだそうだ。つまり一応、俺たちの帰路の安全は確保されている。

「アレンはずるいのじゃ」

「なんだよ急に」

王城を出て街中を歩く途中、不服そうにリリスが俺に言った。

「ワシには動くなと言ったくせに、自分は動いたのう！」

「俺はいいんだよ。強いからな」

「ムカつくぅ……じゃったらそのままベルゼビュートくらい倒せばよかったじゃろ」

「あー、まぁそれも奴らに会うまでは本気で考えてたんだけどなぁ」

「え、本気じゃったのか？」

権能は悪魔が倒さないと手に入らない。とはいえ、誰が持っているかという部分も重要だ。あの場で奴らを倒せば、他の悪魔に権能は移動する。奴らを相手にするよりよっぽどマシな相手に。だから可能なら倒してしまっても構わないと思っていた。

「無理だった。全員冷静だったからな。俺に命を握られているような状況で」

「確かにそうじゃな……」

あの行動はハッタリだ。七大罪の悪魔が協力関係にある場合、さすがに俺一人では手に負えない。

もしも彼らがリリスを明確な敵とみなし、殲滅に動けばどうなるか。今のリリスじゃ歯が立たない。俺も、彼らを同時に相手にして、勝利するのは困難だろう。

だからこそ、俺の存在と強さを意識させるためにハッタリをかました。

仮にあの場で戦闘になれば、勝利こそ難しいが、一体か二体は道連れにできただろう。不可侵の契約で消極的だったことと、この場で全員殺せるという俺の発言が、俺に何か切り札があると予感させたのだろう。

もっとも、彼らは気づいていたかもしれない。

一番近かったベルゼビュートですら、驚きはしても冷静なままだった。まったく動揺していなかったんだ。

要するに奴らは皆、あの状況を打開する手段を持っていたし、俺の発言がハッタリであることにもある程度気づいていたに違いない。特に……ルシファー、やはりあの魔王は別格だ。

「リリス、城に帰ったらすぐ特訓だ」

「な、なんでじゃ！　長旅じゃったから休憩！」

「してる暇はない。宣戦布告した今、向こうから襲ってくる可能性もある。今のお前じゃ十秒も戦えないぞ」

「むっ、そこまでか……」

正直見立てが甘かった。大罪の魔王……彼らの力は強大だ。誰一人として、今のリリスでは戦いにならない。かといって、俺一人でも七体を相手にはできない。

戦力が圧倒的に不足している。せめてリリスには、七大罪の魔王と互角に戦える実力を身に付けてもらわないと困る。

「急いで強くなれ。大魔王になるんだろ？　馬鹿にされたままでいいのか？」

「それは嫌じゃ！　絶対に見返してやりたい！」

「だったら足掻(あが)け。俺も付き合ってやる」

「……うむ。仕方がないのう」

俺たちにとって最大の試練は、この時に始まったのだろう。

# 第二章　金欲の勇者

　大罪会議が終わり、俺たちは帰路につく。

　今は道中の海岸沿いを三人で歩いているところだ。

　ルシファーの城から俺たちが暮らす城までは遠く離れていて、行き来するだけでもかなりの時間を使う。俺が二人を抱きかかえて移動もできるが、リリスはともかく、サラを物のように担(かつ)いで移動したくはなかった。

　とはいっても、七大罪の魔王に宣戦布告をしてしまった以上、悠長にのんびり構えている時間はなくなってしまった。

　あの中に気の早い魔王がいたら、今この瞬間にも襲撃を受ける可能性だってある。俺は移動中、常に周囲を警戒する。

「何をそんなに警戒しておるのじゃ？　こんな場所に何もおらんぞ？」

「……」

　リリスは暢気(のんき)に、無警戒に歩きながら俺にそう言った。俺は数秒彼女の顔を見つめ、なんだか腹が立ったので頭を両手でぐりぐりする。

「いたたたたっ！　何するんじゃいきなり！」

「お前は無警戒すぎるんだよ。ここは魔王城の外なんだ。もう少し警戒心を持て」

「だって何もおらんじゃろ！　こんな山と海しかないような場所に！」

「悪魔はいなくても魔物がいるかも……」

と、改めて周囲に視線を向ける。

右手には大きな山があり、左手には広大な海が広がっている。そろそろルシファーの領地を抜けたあたりだろう。

集落はなく、魔物の気配すらほとんどない。魔界とは思えないほどにのどかで、平和な場所を歩いていた。

「驚くほど何もいないな」

当たり前か。

ルシファーは領地の魔物を全て自身の管理下に置いて支配している。奴の領地内、その近郊の魔物は、全て奴の配下だ。

ルシファーは現代において最強と呼ばれる魔王だ。故にその情報は多く集められ、来るべき戦いに備えられてきた。

いずれルシファーと戦う可能性がもっとも高い俺にも、奴に関する情報は逐一報告されているから、ある程度は知っている。

俺は改めて思う。

「よく無事に出られたな」

「魔王はあの場で不可侵なんじゃろ。当然じゃ」

「そういう決まりだったな」

「そうじゃ。じゃからここまでは安全！　警戒する必要なんてこれっぽっちも――痛い痛い痛い！　痛いのじゃ！」

俺はグリグリを継続して、ちょっと強くしてやった。リリスは涙目になりながら頭を押さえ、逃げるように離れる。

ルシファーたちはそう言っていたが、あの言葉が事実である保証はない。現に俺やリリスには、他の魔王たちにかけられていた不可侵の制限は施されていなかった。

あれでは俺たちが一方的に攻撃を開始できてしまう。いかに七大罪の魔王とはいえど、攻撃を受けてからでなければ反撃できない状況で、あの落ち着き方は異常だ。

おそらく何か方法があったのだろう。不可侵を破る手段……もしくは、不可侵など最初からなかったのか。

どちらにしろ、お互いに手の内を探り合っている状況だからこそ無事にここまでたどり着くことができた。

戦闘に発展していたら、俺一人なら逃げられたかもしれないけど、彼女たちを守りながらでは確実に負けていた。

勇者としては情けない限りだが、冷や汗ものだった。リリスのこの感じを見ると、そんなことはまったく頭になかったのだろうな。

「そうやって気を抜いていると、簡単に足元を掬われるぞ。魔界に安全な場所なんてどこにもない。俺はよく知っている」

「私もアレン様の意見に賛同いたします。リリス様は少々、疑うことを覚えたほうがよろしいかと」

「うぅ……サラまで言うか。二人がかりで卑怯じゃぞ！　それでも勇者か！」

「勇者だからこそ、魔王に文句を言ってるんだよ。まったく」

プンプンと子供らしく怒るリリスに、俺はため息をこぼす。ここはまだルシファーの領土に近い。警戒すべき場所なのに、どうしてこうも緊張感がないのか。

どうにもリリスと話していると、俺まで気が抜けてしまう。こんな子供でも生き残れるって、実は魔界も優しい場所なのかと勘違いしてしまいそうだ。

「とにかく、帰るまでは気を抜くな」

「わ、わかったのじゃ」

「それから、ついでに修行相手も探すぞ」

「修行相手？　アレンとサラがおるじゃろ？」

キョトンと首を傾げるリリスに、俺は歩きながら説明する。

「俺たちばかりと戦うと、戦闘の感覚が偏るからな。それに、いくら全力で戦っても、俺たち相手じゃ本当の意味で全力は出せないだろ」

「そんなことないのじゃ。アレンもサラも、手加減してはくれんじゃろ」

「私はアレン様に従うまでです」

「ほれ見ろ！　サラなんていつも全力で吹っ飛ばしてくるぞ！」

なぜか自慢げに語るリリスにため息をこぼしつつ、俺は呆れながら否定する。

「あのな、それでも死ぬことはないって自覚しているだろ？」

「それは……そうじゃが」

「いかに全力でも、俺たちとの訓練は命のやり取りじゃない。だが実際の戦闘は常に命をかけて戦うものだ。勝者は生き残り、敗者は死ぬ。それが戦いだぞ」

「……」

リリスはごくりと息を呑む。少し脅すように、声のトーンを下げて話した分、彼女も緊張している様子だった。

今くらいの緊張感は常に持っていてほしいものだ。

「お前はもっと慣れないといけない。命をかけて戦う感覚に。そのためには、俺たち以外とも積極的に戦うべきなんだ」

「じゃから訓練の相手か」

「そういうことだ。適当な魔王か、魔物は……ちょっと弱いか」

今のリリスは五分間限定とはいえ、勇者ランキング上位の実力者とも戦いになる程度には成長している。

彼女相手に、その辺の魔物はもはや相手にならないだろう。とか口に出して言うと調子に乗るだろうから、心の中に留めておく。

「探すなら魔王か」

「じゃがこの近辺に魔王はおらんぞ？　ルシファーの領地近くじゃ。それに行きもそうじゃが、どこも魔王の領地を通らなかったぞ」

「そうなんだよなぁ……」

魔王たちは互いに領地を持っているが、明確に線で区切られているわけじゃない。ルシファーの領地も然り。

彼らは街や集落を中心に支配し、その周辺を自らの領地と主張する。故に、どの魔王の領地にもなっていない地域が必然的に存在する。

例えば今、俺たちが歩いている場所もそれに該当する。街どころか村もなく、悪魔たちが暮らした形跡もない。

魔物はおろか、動物すらほとんどいない地に価値はなく、誰も欲しがることはない。故にそのまま放置され、誰の領地でもない状態が続いている。

逆に言えば、そういう場所があちこちにあるからこそ、俺たちのようなよそ者が安全に移動できるルートが確保されている、ということでもあった。

勇者として魔王討伐の旅に出ていた時も、よくこういった安全圏を見つけ、戦い以外の時間は野宿して過ごしていたな。

「宿なしだったあの頃に比べたら、今のほうが幾分マシか」

「ん？　なんの話じゃ？」

「お前はいい加減報酬を払えって話だよ」

「うっ、そ、そのうちのう」

リリスはあからさまに目を逸らす。俺が彼女に雇われる条件、そのほとんどが達成されていない。当然のように報酬も支払われていなかった。

それでも彼女と共にいるのは、彼女の将来性と、掲げている理想に期待しているからだ。

「報酬が払えないならせめて強くなれ。俺に頼らなくても戦えるようになってもらわないと困るんだよ」

「わかっておる！　そんな簡単に強くなれるか！」

「簡単じゃなくてもすぐ強くなれ。時間はあまり残されていないんだ。せめて大罪の一人と互角に戦えるくらいは強く……」

左耳へ微かに届く波の音。

ただの波ではない。不規則に、大きくうねるように波打ち、こちらに近づいてきている。左手に広がる海の向こう……いいや、海中からか？

「なんじゃ？　どうかしたのか？」

「アレン様？」

「二人とも、海辺から少し距離を取れ」

俺たちが歩いている場所は、左手に少し進めば海に飛び込めるような崖の道だった。道から水面まではかなりの高さがある。

普通なら波が届かない距離だが、この音の感覚は普通を逸脱している。そろそろ二人にも感じられる頃だろう。

僅かに、しかし確実に、海の水が盛り上がっている。

「な、なんじゃ？」

「海に何か……います」

「二人とも下がれ、高波に注意するんだ」

二人が警戒し、俺の背後で身構える。盛り上がった水面の奥に、巨大な影が蠢いているのがわかる。

当然ただの生物ではない。距離が離れていても感じられる膨大な魔力は、間違いなく魔物の中でも上位に位置する存在。

その姿がゆっくりと、水面を押し上げて露わになる。

白い身体に赤い瞳、二本の腕と八本の脚を蠢かせるその姿は、海の生物の頂点に位置する災害級の魔物。

「やっぱりクラーケンだったか」

「これが……海に存在する魔物の王ですか」

「ワ、ワシも初めて見るのじゃ」

大きさだけならドラゴンを上回る。その迫力はまさしく、海の王の名に相応しい。

「なぜここにクラーケンがおるのじゃ？　ルシファーが仕向けたのか？」

「……たぶん違うな」

ただの直感でしかない。それでも、奴がこんな回りくどい方法で俺たちを襲撃するとは思えない。それにルシファーの領地からも外れている。

「野良のクラーケンが、近場に餌を見つけて姿を見せた……ってところだろうな。こいつは確か、魔力を栄養源にしているはずだ」

「魔力が餌……ワシか！」

遅れて気づいたリリスが大声を上げる。それに反応したのか、クラーケンは長い腕を振り上げ、俺たちに向けて振り下ろした。

叩きつけられた腕は俺たちが歩いていた崖を一瞬で破壊してしまう。崩れた崖の一部が落下し、海へと沈む。

そこに遅れてクラーケンが現れた時に生じた高波が押し寄せ、崖の奥まで海水で浸る。

「――さすがの迫力だな」

俺は二人を抱きかかえて空中に回避していた。

「ありがとうございます。アレン様」

「ちょっと待つのじゃ！　なぜワシだけこの扱いなのじゃ！」

サラは左腕で抱き寄せるようにして持ち上げているのに対し、リリスは空いた右手で首根っこを掴んでいる状態。

猫を大人しく移動させる方法に近いだろう。猫ならこの持ち方で大人しくなるが、こいつは猫じゃないからジタバタ暴れる。

「もっと優しく抱きかかえてほしかったのじゃ！　サラみたいに！」

「二人同時は無理だろ」

「そうですね」

「ワシの扱いだけ雑過ぎるじゃろ！」

それは日頃の行いが悪いから、とか言っている場合でもない。続けて空中にいる俺たちに向けて、クラーケンは長い腕を振り回す。

俺は高度を上下させ、クラーケンの腕を回避して距離を取る。

「うぅ、ぐわんぐわんするのじゃ……」

「我慢しろ。それともこのまま離していいならそうするが？」

「ま、待つのじゃ！　せめて変身してからにしてくれ！　今のままじゃと海にぽちゃんじゃ！」

「だったらすぐ変身しろ。ちょうどいい相手だ」

俺はニヤリと笑みを浮かべる。我ながら今の顔は、とても勇者とは呼べないだろうな。リリスの瞳に反射した自分の顔を見てそう思った。

「な、何じゃその悪い顔は！」

「ちょうどいい相手だって言っただろ？　これから修行開始だ」

「え？」

俺は掴(つか)んでいた彼女の服から手を離す。必然、そのままリリスは落下していく。

「アレンの馬鹿あああああああああああああ」

リリスの声が落下と共に小さくなっていく。俺とサラはそれを見下ろす。

「アレン様、これは少々……」

「やりすぎか？」

「いえ、甘いのでありませんか？　戦って頂くなら、もっとクラーケンの近くに投げ込むほうが効率的だったかと」

「サラはリリスに厳しいな」

俺たちはクラーケンの攻撃範囲から外れる。そうすれば必然、クラーケンの攻撃対象は一人に限定される。元より狙いは俺たちではなく、内に膨大な魔力を秘めている彼女だった。

それが今、ペンダントの力で覚醒し、真なる魔王の姿へと変貌したことで、クラーケンはより明確に認識する。

最上級の餌が、目の前にあることを。

「さいっあくじゃ！　ちょっと海水をかぶったのじゃ！」

リリスは海水面ギリギリに立っていた。すでにペンダントの力を解放し、大人バージョンに変身している。

大人バージョンとなったリリスは、膨大な魔力を操り、潜在能力を遺憾なく発揮できる状態になる。魔法の力で水面を駆けることも、空を飛ぶことも容易だ。

「後で絶対に文句を言ってやるのじゃ！」

プンプン子供みたいに怒るリリスに、クラーケンの脚と腕が迫る。ほぼ同時に十本、四方八方から襲いかかってくる。

海の王と呼ばれるクラーケンは、並の魔王にも匹敵する危険度を誇る。ランキング上位の勇者でない限り、極力戦闘は避けるべき相手だ。

「まさに訓練相手にはピッタリだな」

俺はサラをしっかりと抱きかかえ直し、よく見えるギリギリの距離で待機する。今、まさに攻撃がサラに届こうとしていた。が、僅かにも心配はしていない。

子供の彼女ならともかく、ペンダントの力で変身した今の彼女なら――

「終焉の魔剣よ！　ワシの手に！」

空間に丸い穴が開き、そこからリリスは魔剣を引き抜いた。

彼女の周囲を漆黒の魔力が渦を巻き、迫るクラーケンの攻撃を全て弾く。終焉の魔剣は使用者に無限の魔力を与え、その魔力を手足のように動かす力を与える。

リリスは漆黒の魔力を波打つ水のように操作し、クラーケンの脚を押しのけ、距離を取ったところで漆黒の斬撃を四方に放つ。

「今のワシに、そんな中途半端な攻撃が通用すると思うな！」

放たれた漆黒の斬撃によって、クラーケンの手足が切断される。

リリスはそのまま空中を駆け、クラーケンの顔面に向かう。クラーケンの攻撃手段は手足が主体だ。その手足はすでに切断されている。

だが、油断してはならない。クラーケンにはもう一つ、最大の特徴とも呼べる攻撃手段がある。

「な、なんじゃ!?」

それはクラーケンの口から吐き出される、黒い墨。

クラーケンはリリスの接近に合わせて墨を吐き出す。墨は海水と混じり合い、周囲を黒く染め上げる。海水は霧状になり、クラーケンとリリスを包み込む。

黒い墨の霧は俺とサラがいる上空にも僅かに届いていた。

「アレン様、この墨は……ごほっ！」

「あまり吸い込むな。この墨自体が毒になっている。それだけじゃない……」

クラーケンの吐き出す墨は、感覚器官に触れることで麻痺させる効果がある。目、口、耳、鼻、肌、それぞれに触れることで五感を鈍化させてしまう。

そうでなくとも視界は黒く染まり、呼吸も苦しくなる。俺は聖剣の力でサラを保護しつつ、黒い墨に翻弄されるリリスを見守る。

「この墨……苦いのじゃ。毒か？　何も見えんし、クラーケンの気配も薄くなったような……がはっ！」

リリスの腹部をクラーケンの攻撃が襲い、海へと叩きつけられる。

感覚が鈍り、気配が薄れたことでクラーケンが逃走しているとでも勘違いしてしまったのだろう。一瞬の油断をつき、クラーケンが一撃を食らわせた。

「斬られた手足が再生している……」

リリスを吹き飛ばしたのは、先に切断したはずの手足だった。

聞いていた通り、自己再生能力も普通の魔物に比べて格段に高い。僅か数秒で切断された手足を全て元通りに再生している。

生半可な攻撃ではクラーケンを倒すことはできない。奇しくも自信満々にリリスが宣言した言葉が、そのまま彼女にも跳ね返ってきている状態だ。

もっとも、あの程度の一撃でやられるほど、今のリリスは弱くないだろうが。

「ぷはっ！　やってくれたのう！」

リリスが海中から飛び上がる。と同時に、魔法を発動したのか、周囲の墨が四方に逃げていく。おそらく突風を発生させる魔法を使ったのだろう。

クラーケンの身体の一部が露出する。

「見えた！　こんどはこっちの番じゃ！」

リリスは終焉の魔剣を構え、切っ先を露出したクラーケンの身体に向ける。魔剣の刃からあふれ出る黒き魔力はうねり、さながらクラーケンの手足のように伸び、撓り、周囲の黒い墨を吹き飛ばしながらクラーケンを斬り裂く。

クラーケンが悲鳴を上げる。

終焉の魔剣を持つ今の彼女に魔力切れは存在しない。その利点を生かし、常に攻撃をし続けることで再生の暇を与えない。

リリスと違い、クラーケンの魔力には限度が存在する。

墨を放出し続けるにも魔力を消費する。回復に魔力を注ぐことで、墨の生成が追い付かなくなり、次第に景色は開けていく。

「よく見えるようになったのじゃ！　気配も戻った。あの墨のせいじゃったのか。こざかしい真似をしてくれたな！」

勝利を確信したのか、リリスは終焉の魔剣を上段に構え、あふれ出ていた黒い魔力を収束させ、大きく長い一振りの刃を生成する。

「このまま真っ二つじゃ！　ぬしの核の位置は見えておるぞ！」

「やるじゃないか、あいつ」

さっきの攻撃の連続で、クラーケンの体内にある心臓部分を看破していたのか。乱暴で豪快に戦っているようにみえて、相手の弱点をちゃんと探している。

少しずつだが、リリスの成長が感じられて、ちょっと嬉しくなってしまう。

「これで終わりじゃ！」

リリスとクラーケンの戦いは、リリスの料理で終わる……はずだった。

「――――！　な、なんじゃ……身体が……」

リリスの動きが不自然に、ピタリと止まってしまった。彼女だけではない。クラーケンもその動きを完全に停止している。

もちろん死んだわけではなく、大きく目を見開き、リリスの攻撃を防御する体勢のまま固まっていた。

それはまるで、リリスたちの時間が制止してしまったような……。

「そうか。今はこんなところにいるのか」

「アレン様？」

サラは気づいていないが、俺はすでに第三者の気配に気づいていた。敵意がなく、気配も独特だから気づくのが遅れたが、こんな真似ができるのは彼くらいだろう。

「困るんだよなー、それを倒されちゃうと、今後の商売に影響が出るんだ」

「あの方は……」

声が聞こえる。サラもようやく、彼の存在に気づいたらしい。

勇者ランキング第十二位、時空を操る聖剣を持つ勇者にして、人類史上もっとも金にがめつい勇者と呼ばれる人物。

「久しぶりだな、ランポー」

「あ、久しぶり。こんなところで会うなんて、運命的だよね？　アレン先輩」

薄緑色の髪を後ろで一本に結び、髪の色よりも濃い緑の綺麗(きれい)な瞳がこちらを見ている。華奢(きゃしゃ)な身体だが、彼も勇者ランキング上位に名を遺(のこ)す実力者だ。

勇者ランポーが、俺とサラのさらに上に立っていた。おそらくは聖剣の力を行使し、何もない空中を踏みしめている。

リリスとクラーケンが同時に制止しているのも、彼が持つ時空の聖剣カイロスの能力で、彼女たちの時間を止めているのだろう。

完全に全ての時間を制止するのではなく、リリスとクラーケンの周囲の空間のみに限定することで、能力の持続時間を伸ばし、効果を底上げしている。

効率的な能力の使い方だ。

「俺が教えたこと、ちゃんと実践してるみたいだな」

「もちろんですよ。先輩からの教えを忘れたことなんて一度もありません。いつでも効率重視に、楽にお金を稼ぐのが僕のモットーですから」

「……いや、それは教えてないけどな」

そんなことを教えられるほどお金を稼げていなかったからな。むしろ真逆の生活を送っていたと思うんだが……。

「おいアレン！　ぬしの知り合いか！　なんじゃこれは！　口以外まったく動けんぞ！」

「騒がしい悪魔ですね。先輩と話しているのに邪魔しないでくださいよ。口も止めちゃったほうがよかったかな？」

「なんじゃ貴様！　ワシのアレンじゃぞ！」

リリスの主張に対して、ランポーは僅(わず)かに眉を動かす。俺は呆(あき)れながらリリスに言う。

「いつからお前のになったんだ？」

「ワシが雇い主じゃ！　ワシので間違いないじゃろ？」

「雇用条件まったく守れていない癖によく言うな」

「うっ……将来性に期待してほしいのじゃ」

「雇い主……そうですか。じゃあこのうるさい悪魔が、アレン先輩の新しい王なんですね」

ランポーは尋ねてくる。少し寂し気に、けれど表情は笑顔で。彼も勇者の一人、俺が裏切った情報はすでに持っているだろう。

ただ、彼の場合は王国の事情とは無関係に、俺がリリスの下にいる理由を把握しているかもしれない。

「ランポー、お前はどこまで知ってるんだ？」

「大体全部ですよ。王国側が先に裏切って、そのまま流れで未熟な魔王に味方したこと。シクスズ先輩を撃退したり、あの最強コンビとも戦いましたよね？」

「さすが、よく知ってるじゃないか」

「当然ですよ。情報は一番の武器です。戦いにおいても、商売においても」

ランポーはニコリと微笑む。昔から、よくニコニコしている奴だったが、その笑顔は作り物で、本心は何を考えているかわからない。

「で、どうしてこんな場所にいるんだ？　それにクラーケンへの攻撃を止めただろ？」

「はい。倒されると困るんですよ、この子」

「なんだ？　まさかお前のペットだったりするのか？」

「まさか。そんなことはありえませんよ。大事なのはクラーケンの手足です。結構な値段がつくし、すぐ再生するので商品として便利なんです」

「そういうことか。相変わらず、戦うことよりも商売のことばっかり考えていそうだな」

「あははは、それが僕ですから」

彼は笑いながらわざとらしく身振りで攻撃の意思がないことをアピールする。どうやら敵として現れたわけではなさそうだ。

一応勇者からの襲撃も警戒はしていたが、この様子なら気にする必要はないだろう。

さっきから一歩たりとも距離を縮めず、一定の距離感を保ちながら話をしている。

「警戒、やっと解いてくれましたね」

「お前が王国に雇われて、俺を倒しに来たかもしれないと思ったんだよ」

「まさか、そんなことするわけないじゃないですか。アレン先輩は僕の恩人なんですよ」

「よく言うよ。金を積まれたらなんでもやる。それがお前だろ?」

「ひどい言われようですねぇ……まぁほとんど事実なので、反論するつもりはありませんけど」

ランポーは小さくため息をこぼし、警戒を解いた俺とサラの元へと近づいてくる。

「サラさんも久しぶりですね」

「はい、御無沙汰(ごぶさた)しております。ランポー様」

「やっぱり、サラさんはアレン先輩に味方したんですね。そうなるだろうなとは思っていましたけど」

「当然です。私はアレン様のメイドです。いついかなる時でもアレン様と共にあります」

「羨ましいな～」

「悪いが、どれだけ大金を積まれてもサラは渡さないぞ？」

俺はそういうと、ランポーはちょっぴり呆れたように笑いながら返す。

「そんなつもりで言っていませんよ」

「ならいい。で、結局お前、こんなところで何をしているんだ？」

「それはですねー」

「ちょっと待つのじゃ！　いい加減ワシのこれを解いてくれ！」

「「あ」」

俺とランポーの声が被る。

そういえば、リリスはクラーケンと仲良く一緒に時間停止したままだった。再会の挨拶に夢中ですっかり忘れていたよ。

「ランポー、解除してやってくれ」

俺がお願いすると、彼はため息をこぼす。

「はぁ、仕方ありませんね。先輩に頼まれたら断れないのが、後輩の弱いところです」

そう言いながら、いつの間にか取り出していた左手の聖剣を見せる。時計の文字盤のような飾りが特徴的な聖剣カイロスだ。

俺が知る限り、時間を操作できる聖剣は彼が持つカイロスともう一振りしか知らない。ランポーは聖剣を手元でくるりと回転させる。

「――時よ、動きだせ」

リリスとクラーケンにかけられた効果が解除され、どちらも同時に動けるようになる。

「動いたのじゃ！　って、うわ！」

リリスは動き出した途端にペンダントの効果が切れたようだ。子供の姿になり、そのままクラーケンの上に落下しそうになる。

俺はすぐに動き出し、落下するリリスの首根っこを掴(つか)んで救出する。

「まったく、世話の焼けるやつだな」

「も、もっと優しく助けてほしいのじゃ！」

「……落としてもいいんだぞ？」

「そ、それはダメじゃ！　今落とされたらクラーケンに食べられてしまうのじゃ！」

リリスはそう言っているが、クラーケンはすでに戦闘態勢を解除し、海中へと潜り始めていた。戦力差を自覚したのだろう。

クラーケンほどの魔物になれば、人間や悪魔に匹敵する知能と、生物界でも上位の本能を兼ね備えている。

先の戦闘で、リリスに勝てなかった時点で、ここで暴れても結果は見えている。利口な判断だと思いながら、俺はランポーに視線を向ける。

彼はニコリと微笑みながら言う。

「話の続きは歩きながらしませんか？」

「そうだな」

クラーケンが海中深くへ逃げたことを確認してから、俺たちは地上へと戻った。クラーケンの攻撃で崖の一部は破壊されたようだが、幸いにも先に続く道は残っている。

俺はリリスを放り投げ、サラを優しく地面に着地させる。

「ぐえっ」

「ありがとうございます。アレン様」

「あ、扱いの差が酷いのじゃ……」

「優しくしてほしかったら、今後は文句を言わずに特訓を受けるんだな」

「そ、そうしたら優しくしてくれるのか？」

「考えはするぞ」

「確定ではないんじゃな……で！」

落ち込んだかと思ったら、リリスは勢いよく俺の横に着地したランポーを指さす。

「こやつは誰じゃ！」

「初対面でいきなり指をさしてくるなんて、礼儀のなっていない子供ですね。まぁ悪魔なら仕方ありませんか」

「なんじゃとぉ！」

「すぐ怒るのも子供っぽいですね」

ニコニコ煽るランポーと、煽られた通りに怒るリリス。さっそくこの二人の相性がよくないことを理解させられた。

「こいつは俺の元同僚、勇者ランポーだ」

「つまり敵か！」

「そうですね。あなたとは敵同士でいいと思います。先輩と敵対するつもりはありませんけど。あ、もちろんサラさんとも仲良くしたいです」

「なんでワシだけなんじゃ！」

それは魔王だから当然だろ、というツッコミは置いておくとして、口ではそう言いながら、ランポーに敵意はない。

リリスに対しても適当にからかっているだけみたいだ。

「あまり煽るな。そのうち泣き出すぞ」

「だ、誰が泣くか！」

「先輩がそう言うなら仕方ありませんね」

「くっ……なんじゃこいつ。アレンの言うことには素直に従うんじゃな」

「当たり前ですよ。僕は先輩を一番尊敬しているんですから」

そう言いながらランポーは、俺に向かって片目を瞑り、腕に抱き着いていくる。リリスは少し驚いていたが、いつものことなので俺は驚かない。

ランポーはその中性的で可愛い顔を活かして、他人との距離感を巧みに測ってくる。俺は人付き合いは苦手なほうだが、ランポーとは比較的早く打ち解けた。

それも彼から歩み寄ってくれた結果だろう。

小柄で顔も可愛いから、もしも彼が女性なら勘違いをしてしまうかもしれないな。俺とランポーを見ながら、リリスはさらに首を傾げる。

「つまり味方なのか？」

「先輩たちの味方ですよ。あなたはどちらかというと、先輩をたぶらかした悪い悪魔なので、敵対してもいいですけど」

「やっぱり敵なのか！」

「はぁ、もういいから。これ以上は話が進まない」

「ですね。面白かったのでからかっていましたが、これ以上は先輩に嫌われてしまいそうなので今度にします」

「なっ……からかわれておったのか……」

リリスは悔しそうに唇をかみしめている。からかわれていることに気づいていなかったのか。

肉体的な強さも必要だけど、リリスには精神的な強さも身に付けてもらわないと困るな。

「僕がここにいる理由はいつも通りですよ、先輩」

「ってことは商売か？」

「はい。ここから少し離れた魔王の領地を今は拠点にしています。ここまで来たのはクラーケン目当てでした。そうしたら懐かしい顔ぶれを見つけたんです」

「そういうことか」

クラーケンの手足は金になる。さっきランポー自身が口にしていた言葉を思い出す。今の会話で俺とサラは納得した。ただし一名、首を傾げている。

「どういうことじゃ？　こやつは勇者じゃろ？　勇者が商売？」

「あなたは知らなくていいことですよ」

「なんじゃと！」

「いいから、教えてやってくれ」

「ふぅ、仕方ありませんね。先輩に頼まれたら断れませんから」

そう言いながら彼は笑い、おほんと一回咳ばらいをして、リリスに向けて説明する。

「僕は勇者であると同時に、商人でもあるんですよ」

「商人じゃと？」

「物を売り買いする人のことです。さすがにわかりますよね？」

「と、当然じゃ！　ワシが疑問なのは、なぜ勇者が商人なぞやっとるのか、ということじゃ！」

「そんなの決まっているじゃありませんか。お金のためですよ」

ランポーはキッパリと答えた。その清々しさに、質問したリリスが呆気に取られている。

「勇者業をするより、商人として活動したほうがお金が稼げるんですよ。皆さん気づいていない方が多いですが、魔界は価値ある商材の宝庫です。人間界では当たり前のことも、こちらでは目新しく感じる。その逆も然り。両界を自由に行き来できる立場を使えば、商売はとてもしやすいですよ」

「う、うん？　つまりどういうことじゃ？　そうするように命令されておるのか？」

「違いますよ。これは僕自身の意思であり、意義です。僕は少々、特殊な立場にいる勇者ですからね」

「特殊じゃと？」

リリスが首を傾げる。俺はランポーからバトンを引き継ぎ、リリスに説明する。

「ランポーは勇者だが、俺みたいに王国に雇われているわけじゃないんだ」

「そうなのか？　なぜじゃ？」

「そっちのほうが商売がしやすいからですよ。僕も初めの頃は王国に雇われていた立場でした。でも窮屈で、いろいろ考えた結果、今の形に落ち着いたんです」

ランポーは独自の立場で王国に協力している。俺やレインのように、王国の命令で仕事をしているわけではなく、あくまで外部の人間として取引をしている。

故に彼は、王国からの命令に従う義務はない。仕事に見合った報酬であるかどうかを判断し、嫌なら断れる。

逆に、いくら魔王を倒して王国の平和に貢献しようとも、取引が成立していなければ報酬は支払われない。自分の仕事は自分で見つけ、自分自身の力でお金を稼ぐ。

勇者の中で唯一の、フリーで活動する勇者がランポーだ。

彼は世界各地を飛び回り、商材となるものを探しては売りさばき、お金を稼いでいる。故に商売相手は王国や人間だけではなく、魔界の悪魔や亜人たちも含まれる。

勇者としては悪魔は敵だが、商人としては悪魔は商売相手の一人になる。そういう意味でも、彼は特殊な立場にいる。

「それじゃと大変ではないのか？　まったく商品が売れなければ無一文じゃぞ」

「そうならないように上手く立ち回ればいいだけですよ。現に僕、今の王国と並ぶくらいお金は持っていますからね」

「なっ、なんじゃと……」

「俺たちとは正反対だな」

「くう……これが格差社会というやつなのか……」

リリスは悔しがっているが、比べる相手が悪すぎる。ランポーは勇者としても優秀だが、商人としてはもっと優秀だ。

王国が彼の自由を許しているのも、そうするほうが王国にとっても利益が増えるからに他ならない。彼が集め、売っている商材は人類にとっても役立つものが多い。

例えば戦利品。魔王討伐で得たものは、基本的には国へ提出することになっていた。ランポーにもそのルールは当てはまる。

そんな彼が着目したのは魔王ではなく、魔王が支配下に置く街だった。人間と悪魔では文化も、技術力も異なる。

魔王の庇護下（ひごか）で栄えている街では、商業も発達する。

人間界では手に入らない素材、物品が売られていて、彼は魔王討伐と並行して、現地の特産物や固有の素材に目を光らせている。

魔界で商売ができるのは彼だけだ。普通は誰も、魔界から商材を集めたりしようと思わない。

そういう意味じゃ、彼は勇者の中でも一番度胸があるのかもしれないな。

「そういうわけなので、僕は基本的には中立です。王国の事情も、先輩たちの事情も知っています。今のところ王国から依頼も来ていませんし、敵対する気はないので安心してください」

「安心ね。金を積まれないことを祈るしかさそうだな」

「大丈夫ですよ。先輩は最強の勇者です。そんな人を敵に回すなら、世界中のお金を集めても足りませんから」

ランポーは笑いながらそう語る。相手の嘘を見抜く俺の加護は無反応だ。嘘は言っていない。ランポー自身に、俺と敵対する意思は本当にないのだろう。

「それで、先輩たちこそ何をしていたんです？　ここは魔王城から離れていますよね」

「ああ、会議があったんだよ」

ランポーが相手なら多少は話しても問題ないだろう。上手く立ち回れば、こちらに味方になってくれるかもしれない。

良くも悪くも、彼は行動に一貫性があり、わかりやすい。自分にとって有益かどうか。有益であれば、相手が魔王であっても利用する。それがランポーという勇者だ。

俺は大罪会議に行っていた件と、その関係ですぐにでもリリスを強化したいという悩みをランポーに話した。

ランポーは顎に手を当てながら考え始める。

「修行相手ですか。なるほど、それでクラーケンを……だったらちょうどいい相手がいますよ」

「本当か？」

「はい。実力的にも、実戦経験を積むという意味でもピッタリだと思います。クラーケンよりも手ごわいですから。よければ案内しましょうか？」

「頼めるならぜひ」

クラーケンもリリスは圧倒して見せた。次に戦うなら、クラーケンを凌ぐ強さの相手が望ましい。それを踏まえてちょうどいい相手とランポーが言っているんだ。彼は俺よりも魔界の事情に詳しい。

むやみやたらに探し回るより、ランポーにお願いしたほうが効率的だろう。

「それじゃあ案内します。ついてきてください」

「ああ、ちなみにどこへ行くんだ？」

「僕が今、直接取引をしている相手に……魔王に会いに行きます」

「――魔王じゃと！」

リリスが大声を出して驚く。なんとなく予測はしていたけど、相変わらず凄いことをしているみたいだな。

本来の帰り道を大きく外れ、俺たちはランポーの案内でとある魔王の領地へと踏み入る。海と山しかなかった場所を抜ければ、魔界でよく見かける外観の街があった。

魔王城と城下町。ルシファーの城を見た後では、どんな城も小さく見えてしまう。街の賑わいも含めて、ルシファーの領地が異常だったと感じる。

「ここも十分栄えていますよ。あの魔王の領地と比べたら、大したことありませんが」

「ランポーはルシファーと面識があるのか？」

「いいえ、一方的に知っているだけです。あの魔王は、というより七大罪の魔王たちは、僕がもっとも避けるべき相手ですから」

「そうなのか？　魔界で一番あいつらが金を持っていそうだけど」

ルシファーの領地と城の景色を思い返し、どこよりも栄えているのは明白だった。魔界における上位の魔王たちだ。他の魔王よりよっぽど強力な商売相手になりそうだが。

「彼らはお金よりも力を求めていますからね。僕の言葉に耳を貸してくれません。彼らにとって重要なのは、絶対的な強者としての地位ですから」

「なるほどな。確かに、あの魔王たちが素直に買収されるとも思えないか」

「そういうことです。だから僕が相手にするのは、魔王の中でも中間層に位置する者たち。ここにいる魔王リバイアもそのうちの一人です」

魔王リバイア、名前だけは聞いたことがある。確か魔王危険度はBランクだったか。ランポーが言う通り、魔王の中でも実力は中間に位置する。

俺のところには依頼がこない相手で、これまで関わることはなかったから、詳しい能力や事情は知らない。

本来、なんの情報もなしに魔王と対峙するのは自殺行為だが、今回はランポーが一緒にいるし問題ないだろう。

彼は用意周到だ。商売相手に選ぶのも、自身と対等以下の相手に限定している。いくら彼でも、七大罪相手に商売の話は持ちかけない。と、俺は思っているが、実際はわからないな。

「戦う相手っていうのは、その魔王か？」

「まさか。僕の商売相手ですよ？　ここで消えられても困ってしまいます」

「だよな。ってことはその配下とか？」

「いいえ、違います。詳しい説明は本人から聞いたほうがいいでしょう。少し急ぎます。時は金なり、ですからね？　一秒も無駄にはできませんよ」

そう言いながらランポーは速足になる。時は金なり、ランポーがよく口にする言葉で、彼の生き様を象徴している。

どうしてそこまで金を求めているのか……俺はよく知らない。初めて会った頃は、こんなにも金を求めている感じはなかった。

俺が知らない間に、彼にとって重要な出来事があったのだろう。

俺たちは城へ向かう。その途中、リリスがキョロキョロと視線を周りに向けながら、不安そうに俺に尋ねてくる。

「のう、こんな堂々と歩いていて平気なのか？　ここ魔王の領地じゃろ？」

「平気じゃないか。誰も気にしていないし」

「私たちの存在に気づいてはいるようですね」

サラの言う通り、街の悪魔や亜人たちは俺たちのことには気づいている。気づいた上で、関係なさそうに生活を送っている。

部外者であり、人間でもある俺たちを認識しながら、意にも介さないのは確かに不自然だ。

「皆さん、僕が魔王と商売していることを知っていますから。彼にとって僕や、僕と関わる人間は安全だと認識しているんです」

以前、ランポーは商売のコツを簡単に少しだけ教えてくれた。

それは情報だ。まず相手の情報を得るところから始まる。戦いじゃなく、商売のための情報だ。具体的には、彼らの生活に何が不足しているのか。

ランポーは彼らの生活、周囲の環境に着目し、何を求めているのかを予測する。予測したものを予め用意して、商売の話を持ちかける。

そうやって相手への理解度を向上させ、信頼を獲得するそうだ。もっとも、言うは易し、実行できるのはランポーの商才あってこそだろう。

必要な情報を瞬時に見抜く観察眼に、勇者の中でも頭抜けた頭脳、言葉で巧みに相手の心を操作する話術を持っている。

「さすがだな。悪魔たちに無害だと認識させられるのは、たぶんお前くらいだよ」

「先輩に褒められました。嬉しいですね」

ランポーは頬を赤らめながら本当に嬉しそうな顔をする。彼は表情を作るのが上手いから、普段の笑顔は作り笑顔だ。けれど俺と話すときは、時折崩れた笑顔を見せる。

信頼してくれている証拠なのか。それともこれも印象をよくするための技なのか。後者だったら少し残念な気持ちだ。

そうこうしているうちに、俺たちは魔王城にたどり着いていた。警備している悪魔たちも、ランポーが一緒だから警戒していない。

警備を素通りして、そのまま魔王城の中へと入る。どこの城も基本的な構造は同じ。城の主は最上階のもっとも豪華な部屋で待つ。

ランポーの案内で、俺たちは玉座の間に入る。

「お待たせしました。魔王リバイア」

「これはこれは、よくぞお戻りになられましたね。勇者ランポー、そして……そちらの方々は？」

「僕の友人たちですよ。勇者アレン、あなたもよくご存じではありませんか？」

ランポーが俺の名を口にすると、僅かに魔王リバイアが反応する。魚のような青い鱗を纏い、口元には鋭い牙が見える。

これが魔王リバイア……見た目のイメージだけなら、悪魔というよりも魚人族に近いな。それにしても……。

「随分とすんなり会えたな」

俺はランポーに聞こえるようぼそりと呟いた。いかに商売相手とはいえ、部外者でしかも敵である俺たちを、ここまで簡単に通すだろうか？

ランポーは俺を見て笑みを見せる。この表情は……おそらく俺たちに伝えていない秘密があるな。ならば警戒はしたほうがよさそうだ。

　念のため、いつでも応戦できる準備だけはしておこう。

「貴方がかの有名な勇者アレンですか。こうして対面すると、身震いが止まりません」

「そう警戒しなくていい。俺は戦いに来たわけじゃない。こいつを鍛えに来ただけだ」

「……そちらのお嬢さんが、魔王リリスですね」

「ワシのことを知っておるのか？」

「もちろんですとも。今、魔界で噂になっています。大魔王の娘リリスが、最強の勇者を従えている……と」

　従えているという表現には語弊があるが、どうやら俺たちのことは魔界中に噂となって広まっているようだ。

「それで、この度はどのような用件でこられたのでしょう？　鍛えるとおっしゃっておりましたが……」

「ランポーからちょうどいい相手がいると聞いたんだ」

「そういうことです。魔王リバイア、あの話を彼らにしてはどうですか？　あなたも困っていたでしょう」

「なるほど、そういうことでしたか」

　リバイアは納得したように頷き、座っていた玉座から立ち上がるとゆっくり俺たちのほうへと近づいてくる。

敵意はまったく感じない。リリスはちょっぴり警戒、というよりビビッているが、今ここで戦闘になることはないだろう。

「皆さまこちらへ。案内しながら説明いたします」

「行きましょうか？　先輩」

「ああ」

今度は魔王リバイアの案内で、魔王城の中を歩く。

「実は最近、この城の地下で奇妙なスペースを発見しまして、面倒な魔物が巣喰っているようなのです」

「発見？　ここはぬしの城ではないのか？」

「元々は先代から受け継いだ城なのですよ。だから私も知らない部屋がありました。そこにおそらくは、先代か、先々代の遺物が保管されています」

「遺物……魔王の遺産か」

俺はぼそりと口に出し、リリスの城に本来保管されていた終焉の魔剣を思い浮かべる。魔王は自らの城に、自身の財宝や力を隠していることがある。

今回もそのパターンだろう。どうやら問題は、その部屋に正体不明の魔物が生息していることにあるようだ。

「私も一度戦おうとしましたが、見た目はサメに近いですが、壁や天井に潜り込み襲ってきます。正直、私では相性が悪い相手です」

「そんな魔物聞いたことないのじゃ」

「魔王の遺産なのかもな、もしかするとその魔物が」

「む？　それを倒してしまってもよいのか？」

「構いません。私としては、未知の魔物が自分の城にいるほうが困ります。倒していただけるのであれば、それ以上はありません。私もようやく、勇者ランポーとの商談に集中できます」

彼らは視線を合わせ、愛想笑いをし合う。

ランポーとリバイア、彼らの関係については道中にざっくりと聞いている。魔王リバイアは自身の領地や地位を守るため、力ではなく財力を求めた。

力ではルシファーたちには敵わない。もしも彼らに戦いを挑めば、一瞬にして領地は更地に代わってしまうだろう。

だからこそ、争いではなく商売で領地を反映させ、守って行く道を選択した。リバイアだけではない。同様に、実力の劣る魔王たちは生き残るための術を探している。

リバイアは自身と同じ考えの魔王たちを見つけ同盟を組み、互いに協力し合うことで領地を拡大し、安全に魔王としての地位を保っている。

そこにランポーが商売の話を持ち掛けた。領地を大きく発展させるためには、お金を巡らせることが一番だとランポーは語った。

同盟関係にある魔王の領地と交流し、商材を集め、各地で売りさばき、その金を使って領地をさらに発展させる。

その地で暮す者たちも、新しい商品を買うために働こうとする。そうしてお金が巡り、街や土地は発展していく仕組みが、俺たち人間の王国と変わらない。

利害の一致。それこそが、ランポーとリバイアの関係を結んでいるものだった。

「こちらの部屋になります」

案内されたのは地下室だった。

広さ的には生活には困らないが、戦うには不便で中途半端な空間。それに何もない。否、奥に仰々しい扉がある。

扉の向こう側から魔力が感じられる。何かいる……もしくは、何かがある。

「この扉の向こうにいるんだな?」

「はい」

「先輩、一度先輩の目で確かめてはどうですか? 訓練相手にピッタリかどうか、その眼で見たほうがわかると思いますよ」

「……そうだな」

話にしか聞いていない未知の魔物らしい。リリスといきなり戦わせて、万が一にも何かあれば今後に響くだろう。

　ただ、何だ？

　あの部屋から感じられる魔力は、魔物のそれとは違う気がする。もっと別の、部屋自体に宿った異質な魔力だ。

「大丈夫です。先輩なら問題ありません。だって先輩は、最強ですからね」

「……ランポー」

　彼はニコリと微笑み俺にそう言った。彼の言葉に嘘はなく、本心からそう思っている。言われるまでもない。俺が魔物に遅れをとることはない。

　たとえ相手が誰であろうとも、どんな手段を用いようとも、全てをねじ伏せ勝利する。だから俺は最強なんだ。

「じゃあ行ってくる。二人はここで待機だ」

「かしこまりました」

「ついでに倒してしまってもよいぞ！」

「何言ってるんだ。それじゃお前の特訓にならないだろ？」

　リリスの奴、未知の魔物って聞いて少しビビっているみたいだな。こういう心の弱さも魔王としては改善してほしいところだ。

　さて、一体どんな魔物がいるのか、少し楽しみだ。

俺が一歩前に歩き出すと、その隣に魔王リバイアが並ぶ。

「私も同行いたしましょう。解説は必要でしょうから」

「わかった。どの道見るだけだが」

「それで終わればいいのですが、万が一のこともあります」

「万が一ねぇ……」

俺は魔王リバイアと共に問題の部屋へと向かう。扉を開け、中に入る。最後に後ろからランポーの声が聞こえた。

「頑張ってくださいね、先輩」

その言葉の意味はすぐにわかった。部屋の中には何もない。遺物も、噂の魔物の姿もなく、静けさが包む。

ガチャリと扉が閉まり、異質な魔力が部屋全体を包む。

「これは……」

「ようやく、二人きりになれましたね」

隣から放たれる殺気に、俺は瞬時に距離をとる。魔王リバイアは不敵な笑みを浮かべて、右手を顔の横に上げる。

ランポーはこうなることまで知っていたのだろう。

「実に嬉しい誤算ですよ。一人目の実験体として、あなたを連れてきてくれるなんてね！」

パチンと、リバイアは指を鳴らす。瞬間、周囲の壁から大量の水が流れ込んでくる。ただの水ではない。海水……しかも、リバイアの魔力が込められている。

「なるほど、そういう罠か」

「さすがは最強の勇者アレン。理解が早いですね」

自信の魔力が込められた海水で周囲を満たすことで、自身の能力を向上させる。相手は海水と異物である魔力に侵され、本来の動きが制限される。

ここはすなわち、リバイアが有利をとって戦えるように設計された部屋だ。

「悪く思わないでください。地力で劣る我々が戦うには、知恵を振り絞る他ありません」

「気にするな。それより……この部屋のこと、お前だけが知っているとは思えないな」

リバイアはゲスな笑みを見せる。その表情が真実を物語る。

「察しがいいですね。その通り、この部屋を設計したのはそもそも私ではありません。あなたのご友人……勇者ランポーです」

「……」

「彼はとても聡明な方だ。力で劣る魔王であっても、優れた知略と財力を持てば、大罪の魔王たちに匹敵する地位を手に入れられる。この部屋も、私が他の魔王を圧倒するために作られた特別な空間。使うのはあなたが初めてですよ」

「……そうか。なら、見ているんだろ？　ランポー」

俺は呼びかける。すると、天井のどこからか、ランポーの声が響く。

「すみません、先輩。これも商売なんですよ」

「ランポー」

「彼のことを悪く言わないであげてください。別に、あなたをターゲットしたわけではありません。この部屋の試運転に適した相手を探し、ここに連れてくること。そういう取引を交わしていただけです」

「その過程で、偶然俺を見つけたわけか……で、外はどうなっている？　リリスとサラは無事だろうな？」

「大丈夫ですよ。二人とも無事です。少なくとも、この戦いが終わるまでは。そういう契約をしていますから」

ランポーは契約という言葉を何度か使っている。悪魔は人間よりも契約、取引にはうるさい奴らだ。彼らとの契約は、書類や言葉で交わすものではなく、魂で縛り合うもの。

特殊な儀式、魔法を用いることで、互いの魂に契約内容を刻み込む。契約が完了、もしくは破棄されることがなければ、その内容は絶対だ。

ルシファーが大罪会議の時、会議に関する場所、期間での戦闘行為を禁じていたのも、彼らの中でそういう契約が成されていたからだ。

「ご安心ください。あなたを殺してから、ちゃんとお二人とも同じ場所へ送ってさしあげましょう。寂しくないようにね」

「悪いが、その心配は無用だ」

すでに海水は俺の首元まで達している。リバイアの魔力がこもった海水に触れ、全身がびりびりと感電したような痛みが走る。

確かに、この場所でいつも通りの動きをするのは難しそうだ。加えて海中では水圧で動きが制限され、呼吸もすることができない。

長期戦闘は不利になるだろう。その不利を全て踏まえた上で言う。

「この程度の策でやられるなら、俺は最強なんて呼ばれていないぞ」

「——減らず口を。では証明してあげましょう」

海水が部屋を覆いつくす。身体が浮き、呼吸ができなくなる。無呼吸で行動できる限界は、普通の人間なら一分前後。

俺の場合はもう少し長いが、長期戦になれば窒息死してしまうのは必然だ。対するリバイアに、その心配はなさそうではある。

奴は海水が満ちると姿を変え、巨大なサメのようなフォルムに変身する。この部屋に巣くっている魔物というのは、奴自身のことだったのか。

だから嘘を見抜く加護が反応しなかった？

いいや、おそらくそれも含めて、ランポーが何か策を講じていたのだろう。あいつは準備を怠らない。

勝てないほどの実力差があるなら戦うな。戦いは常に命のやり取りだ。ならばこそ、万全の準備をして戦いに臨め。

そう教えたのは、何を隠そう俺自身だ。

（さぁ見せてあげましょう！　これが私の真の力です！）

海水が満ちると共に、自信に満ちたリバイアは高速で俺の周囲を泳ぎ回り、激しい渦を生成する。

水中で身動きが制限される中、さらに行動を阻害する渦によって、俺の身体は揺られて天地が逆になった。

そこへすかさず、リバイアは突進する。タイミングを合わせて反撃を試みるが弾かれてしまった。

どうやらリバイアの周囲の海水だけ異常な速度で流れ、攻撃を受け流す防壁になっているようだ。水の抵抗も相まって、剣を振るう速度も遅くなり、同時に鋭さも阻害される。

何度かカウンターを狙ったが、俺の剣はリバイアの肉体に触れる前に、海水の流れに邪魔されてしまう。

（どうですか？　この中なら私が最強なのです！）

最強……ねぇ。

海水で部屋を満たし、肉体の動きを制限した程度で最強を語られるのは少々遺憾だ。だから見せつけてやろうと思う。

本物の最強は、どんな策すら無に帰す。

戦いながら並行していた地下空間の把握が今、終わった。これでようやく、力を解放できる。

――オーディン。

瞬間、部屋の海水は壁を押し破り外へと抜けていく。海水で満ちていた部屋はボロボロになり、部屋の主たる魔王リバイアも、見る影もなくボロボロな状態で地面に倒れていた。

「な、何が……起こった？」

「暴風の聖剣オーディン。この聖剣は大気を操るだけじゃなく、発生させることができる。海水ごと風圧で外に押し出しただけだ」

「ば、馬鹿な……そんな出鱈目なことが……」

「できるから、俺は最強の称号を持っているんだよ」

いかに小細工をしようとも、圧倒的な実力差まで埋まることはない。それをリバイアは忘れていた。否、忘れるように誘導されていたのだろう。

「ふざけたことを。ならばなぜ、最初からその力を使わなかったのですか？」

「海中でオーディンの力を使ったことがなかったからな。下手に力を解放して、リリスたちまで巻き込んだら大変だろう？」

「――――！　まさか……戦いながら位置を……この部屋を調べていたのですか」

「そんなところだ。少し時間がかかったが」

　リリスたちの位置を把握し、ここからの距離を計算した。あとは彼女たちまで被害が出ない出力でオーディンを解放するだけだ。

　水攻め自体は悪くなかったし、仲間を分断して同士討ちを意識させるのもよかった。もっともそれらの策は、ランポーが考えたのだろうけど。

「くっ……ですがまだです。私には同盟を組んでいる魔王たちがいる。この部屋で起こったことは彼らにも伝わるようになっています！　私が指示を出せば、あなたとリリスの城を破壊することだってできるのですよ？」

「俺には勝てないからって城か。お前、魔王の中でも随分と小物だな」

「なんとでもおっしゃってください。それにお忘れですか？　こちらに、もう一人私の味方がいることを！　勇者ランポー！」

　リバイアは叫ぶ。彼にとって最大の戦力は他の魔王たちではなく、契約を結んでいる勇者ランポーに他ならない。

　彼が持つ時空の聖剣カイロスの能力を行使すれば、今すぐに他の魔王たちをここへ呼び寄せることも、リリスの城へ送り出すことも可能だろう。

「さぁ、お願いします！　あなたの力で、この愚かな男に絶望を味わわせてください！」

「残念ですが、その願いは聞き入れられません」

ただしそれは、彼が本当に味方なら……の話だ。

「……は？　何を言っているのですか？　私と貴方は協力関係にある！　この男は敵です！」

「そうですね。でも聞けません。そもそも契約内容に戦闘は含まれていない。僕の役目は、ここに対象となる者を連れてくるところまで、のはずです」

「それはそうですが……いいのですか？　ここで私を失えば、貴方の商売に影響します。不利益をこうむるのは貴方ですよ！」

「それはどうでしょうか。むしろ逆だと思っています」

部屋の扉が開き、ランポーが姿を現す。彼はいつも通りニコニコと作り笑いを見せながら、ゆっくりと歩み寄る。

「あなたの同盟ですが、私が先日買い取らせていただきました」

「……は？　何を？」

「同盟に賛同していた魔王たちを買収したんです。だから、あなたがいくら叫んでも、彼らはもう協力してくれません。今、同盟の主は僕ですから」

「ば、馬鹿な！　何をふざけたことを言っているのです！　私を裏切ったのですか！」

リバイアは怒りを発露する。だが、その怒りを受け流すようにランポーは笑みを浮かべたまま言い放つ。

「先に裏切ったのはそちらでしょう?」

「――――!」

「気づいていないとでも思いましたか? あなたが僕を利用して、僕が持つ資産を奪おうと画策していたこと、とっくに知っていますよ」

「くっ……いつからそれを……」

「最初からです。僕に特別な加護はありませんが、商売人なのでね? 嘘は割と見抜けるんですよ。あなたには下心が透けて見えた。だから逆に利用させてもらいましたよ」

ランポーの右手には、時空の聖剣カイロスが握られている。彼はゆっくりと、確かな速度でリバイアに近づく。敵意を持って。

「ま、待ってください! 騙そうとしていたのは謝ります! ですから今一度考え直してはくださいませんか?」

リバイアは後ずさりながら命乞いをする。魔王とは思えないほど無様に、弱々しい姿で懇願する彼にランポーはとびきり明るい笑顔を見せる。

「残念ですが、商売は信頼が命ですので」

「がっ……」

　そして聖剣を脳天に突き刺し、そのまま胴体を斬り裂いた。

「あなたにはもう、一切の信用がありません。取引はここまで、残ったものは全て、僕がもらってあげますよ」

　戦いが終わり、俺とランポーは部屋を出る。すると、リリスが慌てて駆け寄ってきた。

「無事じゃったか！　アレン！」

「ああ、問題ない」

「そうか……よかったのじゃ」

　ホッとしたような顔を見せるリリス。中での出来事は、ランポーを通して伝わっているらしい。俺のことを心配してくれたようだ。

　サラは普段通り落ち着いて、俺に頭を下げる。

「お疲れ様でした。アレン様」

「ああ、心配かけたか？」

「いいえ、アレン様が負けることなどありませんから」

「そうだな」

心配よりも俺への信頼が勝る。サラらしいと思って、こっちが安心する。するとリリスが俺の服の袖を引っ張る。

「アレン！　結局あやつは味方なのか？　敵なのか！」

「さぁな、俺が聞きたいところだよ」

俺は振り返り、ランポーと視線を合わせる。彼は笑ったまま、けれど少しだけ申し訳なさそうな表情を見せ、頭を下げる。

「すみません、先輩。僕は先輩を利用しました」

「お前、最初からこうなることがわかって俺を先行させたんだな？」

「はい。先輩なら、あの程度の相手に負けることはないと確信していましたから」

「調子のいいことを言う」

だが、本心からそう思っていたのは知っている。なぜなら彼の言葉からは、一つの嘘も感じられなかった。リバイアは特殊な魔導具で加護を退けていたらしいが、ランポーは何もしていない。故に、彼の言葉に嘘はなかった。

「最初から、俺にあいつを倒させることが目的だったんだな」

「はい。僕はリバイアと不可侵の契約を結んでいたので、直接手を出せなかったんです。最後は先輩のおかげで弱ったので、契約の力が薄れて強引に解除できました。本当にありがとうございます」

「別にいい。俺も途中からなんとなく察していたからな」

「さすが先輩です」

「だがな？　俺たちを利用するため騙していたのも事実だ」

「……はい。その点は本当に、申し訳ありません」

ランポーは頭を下げている。敵意はずっと感じない。最初から最後まで、俺たちと敵対する気はなかった。

だが、敵か味方かまだハッキリとしない。

「なぁ、ランポー、一つ聞いてもいいか？」

「なんですか？　先輩の質問にはなんでも答えますよ」

「今さらこんなことって思われるかもしれないけど、ずっと気になっていたことだ。ランポー、お前はどうして、そこまで金を集めるんだ？」

俺は彼がまだ商人ではなく、ただの新人勇者だった頃のことを思い出す。あの頃の彼は今と別人で、ただ素直で、正義感の強い勇者だった。

それがいつの日か、金を求めるようになり、王国からも独立していた。すごいことをする奴だとは思ったし、自分にはできない生き方だと思ったから、素直に尊敬もしていた。

けれどずっと、心のどこかで思っていた。どうしてランポーは変わってしまったのか。

その答えを……。

「お金は暮らしを豊かにします。人も悪魔も、心に余裕がないから争いが絶えないんです。だからもっと上手くお金を回せば、世界から争いがなくなると思いませんか？」

「……だから、金を集めるのか？」

「はい。というのが、勇者としての建前です」

建前……ならば本当の理由、ランポーの本心はどこにあるのか？

「お金って、何のためにあると思いますか？」

「それはまぁ、欲しいものを買うためのものだろ？」

「はい。僕もそう思います。だから集めているんですよ」

「欲しいものがあるのか。一体なんだ？　散々お金なら集めてるだろ？　それでも足りないほど高価なものなのか？」

純粋に気になった。彼が求めてる物が何なのか。悪魔と取引するなんて危険な行為をしてまで、金を集める理由は何なのか。

ランポーは指さす。

「先輩ですよ」

「……え？」

彼の人差し指はまっすぐと、俺の胸を指し示していた。

「僕がお金を集めようと思ったのは、先輩がいたからです」

「俺？」

「はい。覚えていませんか？　先輩と初めて会ったのは王城じゃなくて、戦場だったこと」

「──ああ、そういえばそうだったな」

　思い出を振り返る。

　確かにランポーと初めて会ったのは戦場、彼が魔王との戦いに敗れ、絶体絶命の窮地に陥っている所だった。

　俺は近くを偶然通りかかり、ピンチになっていた彼を救った。思えばあの日から、ランポーは俺を慕うようになってくれた。

「あの日、初めての魔王討伐で僕は負けました。死を直前にして、本当に怖くて……そんな僕を先輩が助けてくれたんです。今の僕があるのは先輩のおかげです。だからいつか、今度は僕が先輩を助けられるようになりたい。先輩みたいな勇者になることが、僕の目標になったんですよ」

「ランポー……」

　そんな風に思ってくれていたのか。彼が俺のことを慕ってくれているのはわかっていた。けれど俺は、彼を助けたことすら深く考えていなくて、ただの親切心でいろいろアドバイスをしていただけだった。

　そう思うと、もっといいアドバイスがあったんじゃないかと、今さら考えてしまう。

「先輩を目標に、僕は勇者として頑張るつもりでした。でも……ある日気づいてしまったんです。先輩が何に苦しめられているのか」

ランポーは切なげな表情を見せて続ける。

「あんなに強くて格好いい先輩が、日々の生活に苦心していることを知りました。誰もが憧れる先輩が、お金に振り回されているなんて思いもしませんでした」

「そうだろうな。俺も今さらながら情けないよ」

「情けなくなんてありません。あれは王国のやり方がよくなかった。先輩の善意を、正義感を利用していた。あの頃から僕は、王国に不信感がありました。だから決めたんです。先輩に必要なのはお金なんだって」

ランポーはハッキリと言う。確かに間違ってはいないが、こうもハッキリ言われると、俺がお金大好きながめつい人間に聞こえるな。

ただ、事実としてお金に振り回され、苦しい日々を送っていたことも消えない過去だ。

「先輩は優しくて勇者過ぎる人だから、きっとお金を稼ぐより、困っている人を助けることを優先してしまう。今でもそうでしょう？　幼い魔王に協力しているのも、先輩の優しさがあるからだと僕は知っています」

「さぁ、どうだろうな」

リリスの理想に共感したことが理由だ。だけど、独りぼっちな彼女を放っておけなかったという気持ちもある。

「先輩はお人好しだから損をしやすいんです。だったら僕がお金を稼ぐ。先輩の生活を、僕が支えられるようになりたい。いつか世界中のお金をかき集めて、先輩のことを買い取ろうと思っていたんですよ」

「俺を買う？　王国からってことか？」

「そうです。そうすれば、先輩はもうお金に苦しむことはなくなります。僕が一生、先輩を支えてみせます。随分と遅くなりましたが、どうですか？　僕に……買われてくれませんか？」

上目づかいで、祈るように俺を見ている。こんな表情、初めて見る。

加護なんて使わなくても、彼が本気でそう思っていることは伝わった。本心から俺のことを考え、俺のために頑張ってくれていたことも。

「ありがとう。嬉しいよ」

「先輩……」

「でも、そのお願いは聞けないな」

俺は断った。素敵な提案を、申し訳なさを含んだ笑顔と共に。

「正直魅力的だと思ったよ。でも悪いな。俺は、今いる場所がそれなりに気に入っているんだ」

「……魔王リリスはそんなに金払いがいいんですか？」

「いや、金はないし、肝心の雇い主は我儘でよわっちいけどな」

「な、なんじゃと！　金がないのは事実じゃが弱っちくはないぞ！」

空気を読んで黙っていたリリスがプンプンと怒りだす。喧(やかま)しいのもよくないが、静かすぎると逆に調子が乱れる。

リリスにはいつも通り、適度に騒がしくしてもらっていたい。そう思えるくらいには、彼女と過ごす時間に慣れ始めていた。心地いいと、思うようになっていた。

「お金は大事だ。人は必ずしも、金だけで幸福になるわけじゃない。少なくとも、今はそう思っている」

「……僕に買われたら、何一つ不自由なく生活できるとしても、ですか？」

「ああ、そうだとしても、俺は今のままでいい。自由のない生活よりも、自由な日々を送りたいからな」

金も地位もない。実力もまだまだで、将来性だけはある。この職場の最大の利点は、俺の自由を束縛していないことだ。

雇い主が情けなくて力がないからな。命令に無理やり従わせられることはない。俺にとっては、自由にやれる今の環境は肌に合っていた。

「だから、お前のお願いは聞けない。気持ちだけ受け取るよ」

「……そうですか。残念ですが、まだお金が足りなかったみたいですね」

「え、いやそういう意味じゃないんだが……」

「ふふっ、冗談ですよ。でも、僕の考え方も今さら変わることはありません。先輩を助けるのはお金だと思っています。だからもっとお金を稼いで、今度こそ先輩を買収してみせますよ」

そう言って彼は笑う。明るく、作り物ではなく、女の子みたいに可愛い笑顔を見せる。そこに金のない雇い主が割り込んでくる。

「させんぞ！　アレンはワシのじゃからな！」

「そういうなら、ちゃんと先輩にお給料を払ってあげてください」

「ぐっ、なぜ払っていないことがバレたのじゃ」

「先輩のことなら何でも知っていますよ。情報は武器ですからね？」

ランポーは俺たちの事情をほとんど全て把握した状態で、ここへ誘ったのだろう。戦いの前には万全な準備を……そう教えた身としては誇らしいが、ここまで念入りなのはランポーくらいだろうと思う。

「俺のことまで把握済みなのは恐れ入る」

「何言ってるんですか？　先輩のことが第一優先ですよ。趣味とか好みとか、そういうのも全部知っておきたいですから」

「そんなの知っても役に立たないぞ」

「十分必要な情報です。振り向いてほしい男性の情報を集めるのは、女として当然のことですから」

「そういうものか……ん？」

あれ？

今、なんだかビックリする発言が聞こえたんだが……。

「お前……女だったの？」

「あ、やっぱり気づいていなかったんですね。正真正銘、僕は女の子ですよ」

「なっ……」

「そうじゃったのか！」

俺より先にリリスが驚いて声をあげた。どうやらリリスも男だと思っていたようだ。隣にいるサラはまったく驚いていない。

「サラは知ってたのか？」

「はい」

「いつから？」

「最初にお会いした時からです。アレン様はランポー様を男性だと思われていたのですか？」

「……」

ずっと男だと思っていた。中性的な顔つきで、体形も華奢だし、一人称が僕だったから、顔が可愛いだけで男性なのだとばかり……。

背筋が凍るほどゾッとする。出会ってから何年も経つのに、ずっと性別を勘違いしていたなんて……。

「最低だな……俺……」

「そんなに落ち込まないでください。僕も何となく気づいていたのに、この関係が崩れるのが怖くて言い出せませんでした。だから先輩だけの責任じゃありません」

「ランポー……」

「僕は平気です。でも、もし少しでも申し訳ないと思っているなら、一つだけお願いを聞いて頂けませんか？」

「ああ、言ってくれ。極力応えよう」

そうすることで、この数年分の失礼の贖罪（しょくざい）になればいいと思った。すると、ランポーは俺の手をそっと握る。

「これからは僕のこと……女の子として見てください」

「――ランポー？」

「僕は勇者として先輩のことを尊敬しています。それとは別に、一人の女の子として、先輩の隣に立ちたいとも思っているんです」

「それって……」

「あの日からずっと、僕は先輩のことが大好きです」

リリスが目を丸くして、サラも意表を突かれたように驚く。いや、二人以上に驚いているのは俺だった。

この日、俺は生まれて初めて、女の子に告白された。

# 閑話　海辺の休暇

「海じゃああああああああ！」

テンションの高いリリスが砂浜を駆け、そのまま綺麗な海へとダイブする。バシャンと音を立ててあがった水しぶきがこちらまで届いて、俺は目を細める。

白い砂浜に紺色の海、魔界だから青い空、とはいかなかったが、これはこれで中々の絶景で悪くない。

「魔界にもこんな場所があったんだな」

「どうですか？　あまり知られていないベストスポットですよ」

そう言いながらランポーが隣に立つ。彼が、いや彼女がこの場所を教えてくれた。海だから水着に着替えたことで、これまで間違えていた性別がより鮮明に伝わる。

髪の色に合わせた水着、聞けば彼女が考案したオリジナルだとか。水着という文化は人間界にしかなくて、魔界では今、ランポーが広めているところらしい。

それにしても、肌は白くて柔らかそうで、女性らしいところがハッキリ見えてくる。我ながらこれだけ情報が揃っていて、よく女だと気づけなかったな。

自分で自分に呆れて、ため息をこぼす。

「どうしましたか？　僕の水着姿に見惚（みと）れちゃいましたか？」

「そういうわけじゃ……いや、でもよく似合ってると思うよ」

「ありがとうございます。試作品なので、ちょうど感想が聞きたかったんですよ。だからもっと見てください。目に焼き付けてください」

　ランポーは俺の真正面に立ち、見せつけるように近づいてくる。

　今は俺も彼女に借りて、男性用の水着を着ているが、正直これと下着の区別はあまりない気がする。

　なるべく意識しないようにと距離を取っていたが、ランポーは構わず俺が触れられる距離まで近づき、俺のことを見上げる。

　この角度だと水着よりも、身体（からだ）のラインというか……女性らしい部分に意識が行く。

「この格好なら、ちゃんと僕が女の子だってわかりますよね？」

「な、何の話だ？」

「惚（とぼ）けなくてもいいですよ。胸、見てましたよね？」

「いや……こんなに近いと目に入るだろ」

「ふふっ、いいですよ、先輩。もっと見てください。もっと僕のこと、女の子として意識してくれたら嬉（うれ）しいです」

　つい数時間前の記憶が脳裏に過（よぎ）る。

俺は彼女に、生まれて初めて女の子に告白をされた。その答えはまだ、していない。

「僕は先輩のことが大好きです」

「――ランポー」

「驚きましたか？　結構わかるようにアピールしてきたつもりだったんですけど、先輩は戦うこと以外は鈍いですすよね」

そう言って彼、改め彼女は笑顔を見せる。商人として作る営業用の笑顔ではなく、彼女自身の感情が籠（こも）った笑顔だとわかった。

「なんで……俺を……」

「命を救われました。勇者として進む道を示してもらいました。戦い方も、生き様も、いろいろ教えてもらって、憧れからずっと見ていたんです。見ているうちに目が離せなくなって、気が付いたら、女の子として先輩を見ていました。そういう感覚、わかる人にはわかると思いますよ」

「……」

ランポーは俺ではなく、俺の後ろにいる誰かに視線を向け、ニコリと微笑（ほほえ）む。リリスとサラ、どちらだろうか。今の俺は告白されたことに驚いて、いつになく動揺していたから、彼女の視線の意味に意識が向かなかった。

女の子に告白されるなんて人生初の経験だ。しかも相手は、ずっと男だと思って接していた後輩で、今さっき女性だということを知ったばかり。

嫌でも異性であることを意識させられる。今はもう、彼女が男性には見えない。友人のように接していた感覚すら、薄れて消えていくようだ。

告白をされたんだ。俺はちゃんと答えを口にするべきだろう。

俺はランポーのことを、彼女のことをどう思っているのか。もちろん嫌いじゃない。友人として信頼していたこともある。

ただ、男女の関係となると、たちまちわからなくなってしまう。俺は実感する。これまでの人生において、俺は一度も……。

「先輩、皆さんも、迷惑をかけちゃったお詫(わ)びをさせてほしいです」

「ランポー？」

唐突に、彼女は話題を変えて提案を始める。

「僕が知っている魔界でも屈指の特別な場所を教えますよ。そんなに時間はかかりません。半日くらいなら、休む時間があってもいいでしょう？」

「……そうだな。少し疲れた。リリスとサラもそれでいいか？」

「あ、ああ、アレンがそう言うなら」

「私も、アレン様の意思に従います」

二人とも、特にリリスは突然のことばかりで混乱している様子だった。大罪会議の往復に、今回の一件も含めて、確かに疲れはたまっている。

あまり遊んでいる時間はないけれど、この悶々とした気持ちの整理をつける時間が必要だと判断した。

「じゃあ行きましょうか」

「ああ」

結局、この場で答えを出すことはできず、ランポーもそれを求めぬまま、彼女は俺たちを綺麗な浜辺へと案内した。

「なぁ、ランポー」
「あ、着替えが終わったみたいですよ」
「ん？　——サラ」
視線を向けた先に彼女がいた。いつもの服ではなくて、彼女も海辺に似合うように、白い水着を着用している。

普段の服装以外の彼女を見るのは新鮮だ。彼女自身、水着を着る経験は少ないのだろう。いつもよりもじもじして、恥ずかしそうにしながらこちらに歩いてくる。

「あ、あの……これでいいのでしょうか」

「バッチリですよ。ね、先輩」

「ああ、よく似合ってる」

「――ありがとうございます、アレン様」

サラは心から嬉しそうに、どこかホッとしたように笑みをこぼす。実際よく似合っていた。白く傷一つない肌、サラはスタイルもいいから、水着との相性もいい。

「サラさん、それだけスタイルもよくて肌も綺麗なんですから、もっと普段から見せるような服にすればいいと思いますよ」

「そ、それはその……少々恥ずかしいです」

「そうですか？　でもそっちのほうが先輩も喜ぶと思いますけどね」

「え、あ……」

二人の視線が俺に向けられる。

露出の多い服装のサラ……なんとなく想像して、どれも似合いそうだなと思った。職業柄、普段から同じような服を着る機会が多い俺たちだけど、ランポーの言う通り、これからは違う服装もありかもしれない。

ただ、無理強いするつもりもなかった。

「サラがしたいようにすればいいと思う。今のままがいいなら無理しなくていい。サラなら、何を着ても似合うとは思うけど」

「アレン様……」

俺の隣から、小さなため息が聞こえてきた。

「はぁ、まったく、そういうところですよ、先輩」

「え？　何か言ったか？」

「なんでもありません。大人女性用の水着は問題なさそうですね。子供用は……あ、ちょうど戻ってきたみたいですね」

俺たちは海のほうへと視線を向ける。すると、最初にザバンと海へ飛び込んで遊んでいたリリスが笑顔満点で戻ってきていた。

駆け足で俺たちの元へ。

「アレン！　サラ！　ここの海辺は魔物もおらんし快適なのじゃ！」

「楽しそうだな」

「うむ！　海で遊ぶことなどなかったからな！　人間は面白いことを考える。この水着とかいうのも動きやすくて悪くないのじゃ！」

リリスが着ているのは子供用の水着だ。大人用よりも布面積は広くて、サラやランポーのように上下で分離していない。

その分、お腹周りも隠れているから、子供っぽさが際立つというか。

「お？　なんじゃその熱い視線は！　ワシに見惚れたかのう？」

「いや、それ着てると普段より子供だなと思っただけだ」

「なんじゃと！　子供扱いするでない！　ワシはこれでもぬしらよりも長生きしておるんじゃぞ！」

リリスはプンプン怒りながら砂浜で地団駄を踏む。またしても子供っぽさが増して、思わず笑ってしまう。

「また子供っぽいな」

「むぅ……ならばこれでどうじゃ！」

リリスはペンダントを発動させた。その効果により姿が変わる。子供から大人へ、未来のリリスの姿へと変身する。

「ちょっ、なんてもったいない使い方……て！　なんだその格好は！」

「どうじゃ！　これが大人の女じゃ！」

変身したリリスはいつもの服装ではなくて、サラやランポーのように大人用の水着を着用していた。ただし二人よりも圧倒的に布面積が少ない。

局部は隠しているけど、もうほとんど紐でしかなくて、激しく動こうものなら全て見えてしまいそうな……。

「いやー、思った以上に破廉恥になりますね」

「ランポー、こんなの着せたのか」

「本人はノリノリでしたよ？　これを着ればどんな男も夢中になるって教えたら」

「教育に悪いことを教えるなよ」

俺は呆れてため息をこぼす。きわどすぎる水着で誘惑とか、魔王というよりも淫魔のそれじゃないか。俺はそっち方面にリリスを強化する気はまったくない。

もしも大魔王がこの場にいたら嘆いていそうだ。大事な娘がこんな格好をして……いや、逆に喜んだりしないだろうか。

「ワシはもう一回海で遊んでくるのじゃ！」

「あんまり遠くへ行くなよ。心配だな……」

「私が見張っておきます」

「サラ、ありがとう。頼むよ」

走り去って行くリリスを、遅れてサラが見守りながら海のほうへと歩いて行く。残された俺とランポーは、並んで海を見つめる。

「……ランポー」

「無理に答えは出さなくてもいいですよ」

「え？」

俺は隣の彼女に視線を向ける。彼女はすでにこっちを向いていて、視線が合って、優しい笑みをこぼした。

「ずっと考えてくれていましたよね？」

「……まぁな」

どうやら見抜かれていたらしい。さすが勇者であり商人。他人の表情や心の機微を見抜く術に長けている。俺のことなんてお見通しか。

「……いいのか？」

「はい。先輩はこれまで、そういうことを考えてこなかったのは知ってます。いきなり告白されて戸惑うのも仕方ありません。勇者としての役目が、人類の期待が先輩にはかかっていた。考える余裕なんてなかったですよね」

「……そうだな」

愛とか恋とか、そういうことは考えてこなかった。知らなかったわけじゃない。ただ、考えることすら思いつかなかった。ランポーの言う通り、余裕がなかったのもあるけど……。

俺には遠くて、無関係な世界の話だと思っていた。

「先輩の忙しさは知っていました。王国に縛られていたことも……でも、それはもう終わったはずです。先輩も言っていましたよね？　今の先輩は自由なんですよ」

「自由……ああ」

王国の命令に従うだけだったあの頃の俺とは違う。立場も、考え方も、心の余裕も生まれた自覚はある。

「だから先輩、今まで考えられなかったこと、自分の将来を、自分の幸せを、もう考えてもいいと思いますよ」

「俺の……」

俺自身の幸せ……自分の未来の景色か。

確かに、俺には考える余裕なんてなくて、勇者として俺が考えるべきは、自分ではなく人類の未来だった。

今はもう、人類の未来だけを考える必要がなくなった。俺自身の人生をどう歩むか。人間は誰しも、誰かと関わり、絆を深め合い、恋をして、愛を知り、共に生きていく。

そんな人間らしく、愛おしい未来を想像してもいいのだろうか。もし許されるのなら、俺の隣に立っているのは……。

この時、俺の脳裏には一人の女性の笑顔が浮かんでいて……。

隣に立つランポーは、切なげに微笑みながらぼそりと呟く。

「僕は先輩が大好きです。先輩にもそう思ってもらえるように、これからも頑張るつもりでいます。だから先輩、僕のことも見ていてほしいです」

　まるで心を見透かされたように、彼女は俺に微笑みかける。そうして俺の手を握り、海のほうへと引っ張り出す。

「さて、僕たちも遊びましょう！　勇者にも偶には、こういう時間が必要ですよ」

「――ああ、そうかもな」

「アレンもやっと来たのか！　海は楽しいぞ！」

「はしゃぎすぎるなよ。溺れても知らないぞ？」

「大丈夫じゃ！　魔王は溺れたりは――あ、足をつったのじゃ！」

「ったく、言った傍から」

　アレンはぶくぶくと溺れるリリスを救援に向かい、海の中に入っていく。それを見守るサラの隣にランポーが立つ。

「負けませんからね？」

「え？」

　二人は視線を合わせる。驚くサラと、不敵に笑みを浮かべるランポー。商人であるランポーは気づいていた。

「普段通りに振舞っているように見えて、意識していますよね？　僕が告白したこと」

「それは……」

返答に困ったサラは視線を逸らす。その反応そのものが、ランポーの指摘が事実だったことを表していた。

「先輩は鈍感だし、そういうことこれまで考えてこなかったから戸惑っています。でも、僕が告白したことで意識し始めました」

「……」

「きっと、今の先輩の心の一番近くにいるのは僕じゃありません。悔しいですけど、ずっと見て来たので知っています」

そう言いながら、ランポーはサラのことを見つめる。

「だから負けません。今はできなくても、いつか僕が、先輩の心に寄り添えるようになります」

「――ランポー様……」

「サラさんはどう思いますか？」

「私は……」

数秒、沈黙を挟み、サラはリリスと楽しそうに遊んでいるアレンの姿を見ながら、優しく落ち着いた様子で応える。

「私はアレン様の幸せを心から願っております。そうなるように最善を尽くすだけです。これまで通りに」

「……羨ましいですね、本当に」

「はぁーたっぷり遊んだのじゃ！」

「満足したか？」

「うむ！」

「じゃあ城に戻ったらみっちり修行ができるな」

「う……うむ」

一気に元気がなくなったリリスに、俺は小さくため息をこぼす。俺たちは水着を脱ぎ、普段着に着替えて砂浜に集まっている。

ランポーが俺に尋ねる。

「リフレッシュにはなりましたか？」

「おかげさまでな」

個人的にも、今まで考えてこなかった一面に触れることができた。改めて実感する。俺はもう、何かに縛られることなく、自分の意志で決められるのだと。

それを気づかせてくれたのは彼女だ。その点はすごく感謝している。

「これからどうするんだ？」

「僕はこれまで通りですよ。王国に属しているわけではないので、他の勇者たちと違い、戦いを強要されることもありませんから」

「そうか」

俺たちはリリスの王城へ戻ることになる。そうなればここでお別れだ。今生の別れではないけれど、寂しさを感じずにはいられない。だけどお互い、その寂しさを口に出せるほど器用でもなかった。

そんな俺たちの間に、小さな魔王がひょこっと顔を出す。

「のう、ランポーよ！　ぬし、ワシの下で働かんか！」

「――――！」

「リリス？」

「ダメか？　こやつは敵ではないじゃろう？　味方になってくれるなら心強いと思った。あとワシの代わりにお金を稼いでくれたら完璧じゃろ！」

目的はそれか……俺は呆れてため息をこぼす。相変わらず大胆なことを口にする。そういうところは魔王らしい。

ただ、意図がどうあれ答えは一つだろう。ランポーにリリスの下で働くメリットは何も……。

「いいですよ」

「え?」

思わず声を漏らしてしまう。まさかの二つ返事で了承したランポーに、俺は驚きを隠せなかった。彼女と目が合う。

「そんなに驚くことですか?」

「だってお前、何のメリットもないだろ? リリスに雇われても金は一切増えないぞ?」

「それはそうですね。そこは期待していません」

「なっ、馬鹿にされておる……じゃが貧乏なのは事実じゃ……」

リリスは悔しそうにブツブツ言っている。ランポーは笑いながら、俺の瞳をじっと見つめて続ける。

「メリットならあります。先輩と会う理由が増えるじゃないですか」

「お前……」

彼女はニコリと微笑む。可愛らしく、女の子の笑顔だ。

「まぁでも、基本的に僕は自由にやらせてもらいますよ。ここでやることも終わってませんから、しばらくは別行動になると思います。命令に従うかどうかも僕が決めますし、僕が個人で稼いだお金は僕のものですからね」

「うっ……まぁそうじゃな」

わかりやすくガッカリするリリス。どうせランポーを味方にすれば、彼女の財力がそのまま手に入ると思っていたのだろう。

「それでもよければ、僕も仲間に入れてください」

「か、構わん！　戦力は多いほうがよいからのう！　いいじゃろ？　アレン」

「ああ、決めるのはお前だよ」

「なら決まりじゃ！」

リリスは高々と宣言する。彼女の高い声はよく響いて、砂浜をかける風に乗って海のほうへと飛んでいく。

元は大罪会議の帰り道、リリスの修行相手を探して旧友と再会しただけだった。思いもよらぬ収穫に、運命的なものを感じている。

「これでワシも大金持ちに……」

「さっきも言いましたけど、しばらくは別行動ですよ？　それに今やってる商売のお金は一切還元しませんから。こっちは副業、本業とは無関係ですから」

「くっ……お金持ってる癖にケチな奴じゃな！」

「守銭奴でなければ、大金は稼げないし動かせませんよ」

そう言って笑う横顔は、いつになく楽しそうに見えた。ランポーが俺と向き合う。

「これからもよろしくお願いします。先輩」
「ああ、こちらこそ」

**以下を雇用条件および、特記事項に追加する。**
**⑪副業について——本業に支障がない範囲での副業を許可する。**
**※本業に支障がなければ、恋愛を制限しない。**

第三章　大魔王の妻

大罪会議から十日ほどが過ぎた。仲間となったランポーとも砂浜で別れ、俺たちは張り切って、今日も特訓に励む。大人から子供の姿に戻り、地面に座り込んで息を切らすリリスに、俺は聖剣をしまって言う。

「はぁ……はぁ……」

「十分休憩。それが終わったらもう一本だ」

「う、うむ。わかったのじゃ」

会議以降、特訓はよりハードになった。基礎的なメニューを減らし、そのほとんどを俺との実践訓練に変更した。

力の使い方は結局、実戦でこそ磨かれる。何より、リリスには圧倒的に戦闘経験が不足していた。少しでも経験不足を補うために、彼女にはひたすら戦ってもらう。

「はぁー、疲れたのじゃ」

リリスは大の字になって寝転がる。無防備な体勢で、もし敵が攻めてきたら一瞬で殺されてしまう。

休憩中でも気を抜くな、と言いたいところだが……。

「文句が減りましたね」

「そうだな」

ぼそっと俺の隣に来たサラが呟いた。

そう、減っているんだ。厳しい訓練の時はいつも文句ばかり口にしていたのに。嫌々だった彼女が、積極的に取り組むようになっている。

非常に大きな変化だ。

大罪会議に参加して、相対する敵の圧倒的強さを体感したおかげだろう。やはり目標は明確にあったほうが努力にも身が入りやすい。

今の自分では到底、大罪の魔王たちには敵わない。それが理解できたからこそ、彼女は前向きに特訓するようになった。

「嬉しそうですね、アレン様」

「ん？　そう見えるか？」

「はい。とても満足そうな顔をされていましたよ」

「ははっ、そうかもな」

子供の成長を喜ぶ親の気分って、こんな感じなのかな？

勉強嫌いで逃げてばかりだった我が子が、自分から将来のために勉強するようになった……的な？

もし大魔王が生きていたら、この成長を見せてやりたかったよ。

ふと思い出す。そういえば、リリスの母親は誰なんだ？

大魔王サタンの妻……それに関する情報は、人間界には残っていなかった。意図的に消されたのか、あまり目立たなかったのか。

悪魔も男女で交わり子を成す。それは人間や他の種族も変わらない。

ならば彼女にも、母親と呼べる悪魔がいるはずだ。

「なぁリリス、お前の……」

「ん？　なんじゃ？」

「いや、なんでもない。休憩もそろそろ終わりだぞ」

「うむ」

リリスがむっくりと立ち上がる。気にはなったが、今聞くべきじゃないような気がした。

彼女は父親の話はしても、一度も母親のことは語らない。何か言いにくいことがあるのだろう。

せっかく特訓にやる気を見せている今、余計な一言で邪魔をしたくない。いつか、自分から話してくれるまで待とう。

「さて、次からは俺も本気で戦うからな」

「な、ほ、本気じゃと？　急になぜじゃ！」

本気と聞いてさすがにリリスも動揺している様子だった。

俺は訓練の意図を伝える。

「これまで実戦形式の訓練を続けてきたのは、戦いの感覚に慣れてもらうためだ。言うならばウォーミングアップだな」

「あ、あれが準備運動じゃったと……？　十分ヘロヘロなんじゃが」

「それだけ慣れていなかった。体力も、集中力も足りていなかったんだ。が、その段階はもう過ぎていい。ここからは……勝つための戦い方を覚えろ」

俺は聖剣を抜く。これまでの訓練では、俺は聖剣を使わず彼女の相手をしていた。

聖剣を使わなくても戦えるほど、今の彼女は未熟だ。だが、大魔王の遺産である魔剣を使えば、彼女の能力は飛躍的に向上する。

「魔剣も存分に使えばいい。全力で、俺を倒すつもりでかかってこい」

「よ、よいのか？　ワシはまだ、魔剣の力をコントロールできておらんのじゃが」

「それも実戦で慣れろ。あまり時間はない。お前には、五分間で俺に勝てるようになってもらうぞ」

「アレンに……勝つ、か」

俺はこくりと頷く。

「それはわかったんじゃが、なぜ五分なんじゃ？　ペンダントの効果時間は延びておる。もっと効果時間を延ばせば……」

「それは成長と共に勝手に延びる。ただ、数秒増えた程度じゃ意味ないんだ。戦える時間を増やすより、限られた時間で敵を圧倒しろ」

どれだけ過酷な特訓をしても、いきなり最強にはなれない。それは俺がよく知っている。

俺だって、最初から最強と呼ばれるほど強かったわけじゃない。数々の死闘を経験して、勝つための手段を身に付けた。重要なのは力の種類や強さじゃない。

持っている力を、武器をどう扱って活路を見出すか。

実力的に劣っているなら尚更、持ち得る手札を最大限生かし、勝利を摑む他ない。

「まずは五分間でいい。俺の本気に耐え抜いてみせろ。それができるようになれば、少なくとも五分で負けることはない。急に強くなんてなれない。今のお前が目指すのは、五分間だけの最強だ」

「五分間だけの……最強……」

「そうだ。五分でどんな敵をも倒せるようになれ。五分で俺に、勝てなくとも善戦できるようになれ。それができれば誰にも負けない。俺より強いやつなんて、この世界にはいないんだから」

自分で言うのは少々恥ずかしいが、自信を持って事実だと言える。

俺は『最強』の称号を手に入れた勇者だった。現在に至るまで、一度も敗北を知らない。

最強の俺と並ぶ存在になれれば、大罪の魔王とも戦える。

「説明は以上だ。理解できたなら始めるぞ」

「う、うむ！　準備はできておるぞ」

リリスはペンダントの効果を発動させ、右手に魔剣を握る。

「よし。本気で行くから……一瞬たりとも気をぬくな」

「わかったのじゃ！」

リリスは魔剣を構える。

かつてない集中。これまでの訓練で、戦いに必要な感覚は備わっただろう。だが足りない。もっと慣れろ。戦いにじゃない。自分より圧倒的に強い相手と、向かい合う恐怖に。多少の怪我はつきものだ。

「――行くぞ」

「う、うむ！」

戦いが始まろうとした。その直前、背筋が凍るような寒気を感じる。

互いに向いていた視線が、一瞬で切り替わる。

「こ、この魔力は」

「……あいつか」

圧倒的で冷たい魔力が周囲の空気を震撼させる。

リリスとサラは震えていた。無意識の恐怖から、全身の細胞が怖気づいてしまっているんだ。無理もないだろう。

俺ですら、これほど重く強い魔力を体験する機会が少ない。だからこそ確信が持てる。こんなバカげた魔力を放てる存在は、俺が知る限り一人しかいない。

「二人とも、俺の後ろに隠れろ」

「はい」

「うむ。アレン……」

「心配するな。来るぞ」

正面ではなく上空から、その男は舞い降りた。まるで天空からの使いのように。

一瞬だけ、漆黒の翼を羽ばたかせているように見えた。コトンと優しい音をたて、彼は魔王城に侵入する。

平然とした表情で、友人の家でも訪ねるように。

「魔王ルシファー」

「また会えたな。勇者アレン」

俺たちは向かい合う。

大罪の魔王が一人、『傲慢』の魔王ルシファー。大罪を束ねる男で、おそらくは現代最強の魔王……やはり接近していたのは彼だったか。

見たところ周囲に他の悪魔の気配はない。

たった一人でここへ？

攻め込みに来た……という雰囲気じゃないな。ただ油断はできない。この魔王は一人でも危険だ。

「そう警戒するな。俺は別に、戦うために来たわけじゃない」

「……だったら何をしに来たんだ？　こんな辺境の魔王城に、しかも一人で」

ルシファーは右腕を挙げる。攻撃、ではないとわかって警戒を緩める。

人差し指をたて、彼は俺を指し示す。

「お前に会いに来たんだ」

「……俺に？」

「ああ。会議の場じゃあまり話ができなかっただろう？　だからこうして、俺自らが足を運んでここに来たわけだ」

「俺と話をするために？」

俺の問いかけに、ルシファーは不敵な笑みを浮かべる。

未だに敵意は感じない。圧倒的な魔力こそ放っているが、攻撃する意志はなさそうだ。

本当に話がしたくてわざわざ来たのか？

どういうつもりなんだ……。

「――と、本当に話がしたくて来ただけなんだけど」

突然だった。急激に、魔力の質が変わる。重たく冷たい感覚から一変して、鋭い刃のように鋭利で、燃え上がるほど熱くなる。

ルシファーは笑っていた。

おもちゃを見つけて興奮する子供のように。

「やっぱり無理だな。我慢できそうにない」

「お、おい……」

「アレン様」

「大丈夫だ。俺の後ろから出るんじゃないぞ」

敵意は未だにない。だが、この視線に込められた感情はなんだ？

戦いたい意志は感じられる。今すぐにでも、襲い掛かってきそうな……。

「我慢しなきゃいけないんだがな。どうにも興奮が治まらない。俺の身体は正直だ。今すぐにでも、お前と戦いたいとうずいている」

「……」

「お前もそうだろう？　アレン」

「は？　何を言って……」

ルシファーがにやつく。まるで俺の心情を見透かしたように。

「何が言いたい？」

「言わなくてもわかるはずだ。俺とお前は同類なんだからな」

「同類？　俺と、魔王のお前がか？　笑えない冗談だな」

「冗談じゃない、事実だ。惚けたフリはやめろ。お前は気づいているはずだ。お前の身体も……闘争を求めていることに」

「――――！」

身体が震えた。今回はハッキリとわかった。自分でも気づくくらい、俺の顔は笑っていた。

「最強の勇者……そんな称号を持つ男が、戦いを好まないはずがない。俺もお前も、内心では強さを追い求めている。自分が最強であることを自覚し、脅かす存在を許さない。故に、反発し合っているんだ。俺とお前の最強が！」

俺の心を勝手に推察するんじゃない。そんなわけがないだろう。と、普段なら口に出して反論していただろう。

それができなかったのは、俺自身が直感しているからだ。

ルシファーの言葉が、俺の心に当てはまると。身体の奥底で、闘争本能が疼いている。

俺はこの男と……。

「……違うな」

それを、勇者としての理性が否定する。

俺が戦ったのは、か弱き人々を守るためだった。それ以上でも、それ以下でもない。
人々を守り、国を守ることこそが勇者の役目なのだから。俺は理性を武器に、彼の憶測を否定する。

「一緒にするな」

「……ならば試してみようか？」

「試す？」

「そうだな……一撃だ。一撃だけ攻撃をする。受けるも躱すも好きにすればいい」

「何を勝手に言って――」

「構えたほうがいい。でなければ……死ぬぞ」

過去最大級の殺気。ここでようやく、彼が敵意を俺に向けて放つ。
俺は無意識に聖剣を解き放つ。直後、ルシファーの指先から漆黒の稲妻が放たれた。
あまりにも速く、強烈な一撃。後ろにはリリスとサラがいる。故に回避の選択肢はなく、受けるか流すしかできなかった。
俺は受けを選択し、すぐに流す方向に変えた。逸らされた雷撃が俺たちの背後の壁を破壊する。俺の頬をかすり、たらーっと血が流れる。

「さすが、上手く受け流したか」

「アレン！」

「アレン様！」

「心配するな。ただのかすり傷だ」

俺は親指で頬の傷を拭う。この程度なら一瞬で治癒される。

心配そうに見つめる二人だが、俺はルシファーから目を離せなかった。

「……」

今の一撃、ただの魔法じゃなかった。

傲慢の権能か？

だったとしてもおかしい。魔王が、悪魔がどうして……聖なる力を扱えるんだ？

「お前……本当に悪魔か？」

「見たままだ。お前には、俺が何に見える？」

「……」

悪魔にしか見えない。が、魔王ルシファーにはある噂があった。彼は元々、神に仕える天使だったという噂が。

天使が魔王になるなんて聞いたことがない。

眉唾な話だとばかり思っていたけど、今の一撃には魔力だけではなく、俺たち勇者が扱う聖なる力が宿っている。

ただの悪魔が、聖なる力を宿しているはずがない。

堕ちた天使……か。

「さて、俺はそろそろ帰る」

「……は？」

「一撃だけ、という約束だったからな。話をする目的も果たした」

ルシファーは背を向ける。本気で立ち去ろうとしている後姿に、俺はふつふつと憤りを抱く。

一方的に押しかけて、勝手に攻撃をして帰る？

自分勝手すぎるだろう。魔王だからと言われたらそれまでだが、釈然としない気持ちはなんだ？

「待てよ」

俺は自然と前のめりになる。身体も、心も。

「そっちの一撃も受けたんだ。今度は俺の番だろ？」

このままでは終われないと叫んでいる。

ルシファーは振り返り、満足そうに笑みを浮かべる。

「そうこなくてはな。面白い」

俺たちは再び向かい合う。

一触即発。ルシファーも俺も、互いに笑みを浮かべる。

悔しいけど認めるよ。俺はこいつと、戦いたいと思っている。どちらが本当の最強なのか、確かめずにはいられない。

「あ、アレン……？」

心配そうな声も、俺の耳には届かない。聞こえても、気づかないふりをする。

俺もルシファーも、目の前の相手しか見えていない。

あとはもう戦うだけ。そんな状況に口を挟める者など――

「何をしているのですか？」

「あ……」

「は？」

ルシファーの背後に、一人の女性がすっと姿を見せる。何もない場所に突然現れた。

空間を移動してきたのか？

ルシファーの部下だろうか。いや、それより……誰かに似ているような。

「お、お母さま……」

「――なっ、母親？」

俺は二度見した。リリスを見て、改めて彼女の姿を確認する。

似ていると思ったのは、今のリリスにではない。大人バージョンのリリスと、ルシファーと共にいる女性悪魔がそっくりなんだ。

もう少し歳をとれば、大人リリスもあんな雰囲気になるだろうと。

無意識にそう感じていた。

「ルシファー様、ここで何をしているのですか?」

「あー……散歩、ってことでごまかせないか?」

「随分と遠くまで来られましたね。しかも、ここがどこだかお忘れですか?」

「……言い逃れはできないか」

ルシファーから戦意が消えた。

彼女が現れてから、嘘(うそ)みたいに魔力の圧も弱まる。まるで、悪戯(いたずら)がバレてしゅんとする子供みたいに……。

意外過ぎてビックリだが、それ以上に。

「あれがお前の母親……なのか」

「……」

無言、正解か。俺はてっきり、母親も死んでいるのだと思っていた。だから話したくないのだと。

違った。母親は生きていた。その上で、魔王ルシファーの元にいたのか。

「どういうことだ?　なんでお前の母親が、ルシファーと一緒にいる?」

「それは……」

「元気そうね、リリス」

母親がリリスに語りかけた。

ビクッと身体を震わせるリリス。怯え……というより、悲しそうだった。

「お母様……」

「少しは魔王として成長したのかしら？」

「つ、強くはなったのじゃ」

「そう？　あまりそうは見えないけど」

「……」

親子の微笑ましい再会……という雰囲気じゃないな。

見ていられない。こんなにもシュンとしているリリスは初めて見た。

「なぁあんた、なんでリリスと一緒にいない？」

無関係な俺だけど、聞かずにはいられなかった。

リリスを一人で魔王城に残した理由を。母親なら、どうして一緒にいてあげなかったのかを。

「勇者アレン、ね」

「ああ、あんたがリリスの母親なんだな？」

「そうよ。私はキスキル……さっきの質問の答えは簡単よ。これが私の役目なの」

「役目？　リリスの元を離れて、ルシファーと共にいることがか？」

「……」

彼女は無言だった。否定しないのなら、事実だとでもいうのか？

我が子をほったらかしにして、敵対する魔王に協力していると？

「お前それでも――」

怒りがあふれ出そうになった。そんな俺を引き留めるように、リリスが袖を摑む。

「リリス……」

「白けてしまったな」

静かだったルシファーが口を開く。俺は彼に視線を戻す。

「いずれ仕切り直そう。今回はここまでだ」

キスキルが右手をかざす。空間に黒い穴が開き、ルシファーが穴に向かって進む。

おそらくは空間をつなげる魔法だ。あれで移動してきたのか。

「また会おう勇者アレン。今度はこっちに遊びに来るといい。お前ならいつでも歓迎してやろう」

「……そうだな。近いうちに行く」

「ふっ」

ニヤリと笑みを浮かべ、ルシファーは黒い穴に消えて行く。

キスキルもそれに続く。

「お母様」

リリスが呼ぶ。一瞬、彼女は立ち止まった。しかし振り返ることはなく、そのまま黒い穴に消える。

二人の気配が消え、黒い穴も消失した。

後味の悪い疑問と、感覚を残して。

空間魔法は魔王城に直通である。黒い穴からルシファーが現れ、続けてキスキルが出てくる。

「よかったのか？」

「……何がでしょうか」

「リリスのことだ。もう少し、話していたかっただろ？」

「そんなことはありません」

「誤魔化さなくていい。本当のあなたは――」

「余計なことを言わないでください」

ルシファーの言葉を遮り、きつめに抑止する。キスキルは現在、ルシファーの補佐をしている。形式上は彼の部下だが、その関係性は極めて特殊であった。

「私がここにいるのは私の意志……そして、あの方の意志です」

「……そうか。別に俺はどっちでもいいんだけどな」

「貴方は勝手にふらふらと出かけるのをやめてください。この城の主である自覚をもってもらわないと困ります」

「はいはい。まったく、相変わらず大魔王様の妻は怖いな」

ルシファーとキスキルが王城から去った。元々静かな場所だが、今はいつも以上に静寂で満たされる。

同じ部屋に俺たちはいる。会話は、ここ数分ない。俺とサラは待っていた。

彼女が、自分から話してくれるのを。そしてようやく、口を開く。

「黙っていて、ごめんなのじゃ」

最初の一言は謝罪だった。

俺とサラは顔を見合わせ、驚きを共有する。

「別にいい。俺たちは気にしてない」

「はい」

「……」

「理由があったんだろ？　話せなかった理由が……」

リリスは小さく頷いた。視線を下方向でウロウロさせ、どう話すべきかを考えている。

俺たちは変わらず待つ。

「お父様が生きていた頃は……お母様も一緒に暮らしていたんじゃ」

彼女はゆっくり語り出す。

「あの頃はルシファーも、他の奴も一緒じゃった。お母様はお父様の補佐をしておったんじゃ」

「真面目そうだったな」

「うむ。しっかりしておった。それに厳しかったのじゃ。お父様も、ルシファーたちも頭が上がらないくらいのう」

「大魔王にルシファーも？　イメージが湧かないな」

と言いつつ、納得した。

彼女が現れてからのルシファーを思い出して。突然覇気がなくなり、大人しくなった彼は印象的だった。

時代が変わり、立場が変わっても、当時の関係性は残っているのかもしれない。

「リリスには？」

「ワシにも厳しかったのじゃ。お父様にもよく、甘やかしすぎだって注意しておった。けど、厳しいだけじゃなかった。ちゃんとワシのことを見ていてくれた……大好きじゃったよ」

リリスの言葉の端々から、母親への好意が伝わってくる。

今でも、変わらず好きなのだろう。

「……でも、お父様が死んで、みんなバラバラになってしまった。お母様も……何も言わずにワシの元を去ったのじゃ。ルシファーのところにいると知ったのは最近じゃ」

「連絡もなかったのか？」

「……うむ。一度もなかったのじゃ」

「会いに行ったり……は厳しいか。遠いし、ルシファーの領地だからな」

幼いリリスが一人でたどり着ける場所じゃない。

彼女自身も理解しているから、この城から出なかったという。つまりさっきの邂逅(かいこう)は、百年ぶりの再会だったわけか。

それにしては淡白だった。リリスはうつむいたまま落ち込んでいる。

なぜ、キスキルがリリスの元を去ったのかはわかっていない。彼女は理由を話さなかったらしい。

「……きっとワシのことが面倒になったのじゃ」

「リリス……」

「みんないなくなった。お父様がいなくなって、ワシが未熟じゃから……お母様も……ルシファーのところにいるのが証拠じゃな」

リリスは笑いながらそう語った。今まで見たことがないほど、泣きそうな笑顔だった。無理をしているのが丸わかりだ。子供がしていい表情じゃない。いたたまれない……そう思ったのは俺だけじゃない。

「確かめたのですか？」

「え？」

サラが尋ねる。

「母親に、どうしていなくなったのか」

「それは……聞いたことはない。聞けるはずないじゃろ。急にいなくなって、さっきだってまともに話もできなかったんじゃ」

「そうですね。タイミングがなかっただけです。なら、聞けば応えてくれるかもしれませんね」

「な、何が言いたいんじゃ」

リリスは苛立ちを見せる。聞く機会なんてどこにある、と言いたげな表情で。サラが俺に視線を向ける。

彼女の意図はちゃんと伝わった。たぶん俺たちは同じことを考えていたから。

「じゃあ聞きに行こうか」

「……え？」

「ルシファーの城に行くぞ。今から」

「な、正気か?」

「もちろん。今からルシファーの城へ行って確かめる。お前の母親の本心を、お前が聞くんだ」

「——よいのか?」

俺たちは特訓の途中だ。いつ、他の魔王の襲撃を受けるかわからない。

強くなるための時間が惜しい。そんな状況で、我儘を言ってもいいのかと。

彼女は視線で訴えかける。

「気になるだろ? このままじゃ集中できないだろうし、これも必要なことだ」

「アレン……」

「それとも、お前は知りたくないのか?」

「……知りたいのじゃ。お母様がどうしていなくなったのか!」

彼女は本心を口にした。ならば迷う必要はない。俺たちは同じ方向に視線を向ける。

この間、お邪魔したばかりだが……また遠出だ。

◇◇◇

辺境の魔王城から移動に五日間。俺たちは再び、現代最強の魔王が住まう城に足を運んだ。

前回は招待状があったからすんなり入れたが、今回はアポなしの訪問だ。戦闘になることも予想したが、そうはならなかった。

「遅かったな。近いうちと言っていたから、翌日にでも来ると思っていたぞ」

「一緒にするな。こっちは空間移動なんてできないんだ」

ルシファーは俺たちが来るのを待っていたらしい。俺たちの存在を感知すると、彼自らが出迎えてくれた。

おかげで部下の悪魔たちと戦いになることもなく、俺たちは玉座の間に足を踏み入れた。

今、この状況もルシファーの思惑通りなのだろうか。

「待っていたなら迎えにきてくれてもよかったんじゃないか？」

「招待したら素直に来るのか？」

「さぁな」

会議でもないのに、いきなり招待されたら誰でも警戒するし、普通は罠だと思うだろうな。

加えて相手は現代最強の魔王だ。

仮に招待があったとしても、空間転移の世話にはならなかっただろう。どこに飛ばされるかわからないからな。

ルシファーの傍らには、彼を補佐するキスキルの姿がある。

「ともかく歓迎しよう。よくきたな、勇者。この間の続きをしようか？」

「……いや、それはまた今度だ」

一瞬だけ空気がピリついたが、俺が否定したことで収まる。

ルシファーは少しがっかりした顔をした。

「悪いな。用があるのはお前じゃないんだ」

「そうだろうな。お前たちの意識は、俺の隣に向いている」

ルシファーが視線を向ける。

彼には見抜かれていたらしい。俺たちは全員、キスキルに注目した。

彼女は俺と目を合わせる。

「私に何か御用ですか？」

「俺じゃない。話したいのはこいつだ」

「お母様！」

「リリス……」

リリスが一歩前に出る。俺は一歩下がる。二人の会話を邪魔しないように。

「お、お母様……」

「なに？」

「っ……その……どうして……」

「聞こえないわ。もっと大きな声で話しなさい」

「は、はい！」

注意され、しゃきっとするリリス。どうやらキスキルのほうに聞くつもりはあるらしい。

俺はホッとした。厳しいのは聞いていた通りみたいだけど。

「どうして、いなくなってしまったのじゃ？　ルシファーのところにいるのはどうしてなんじゃ？　お母様はワシのこと……」

大きな声で話しながらも、最後のほうは尻すぼみになる。

聞きたいけど聞きたくない。そんな矛盾した感情がリリスの中に渦巻いているのだろう。

数秒の静寂が流れる。キスキルは小さく息を吐いた。

「言ったでしょう？　それが、私のするべきことだからよ」

「だから、どういう意味なんじゃ。ワシにはわからんのじゃ」

「わからないなら、そのままでいなさい。今のリリスが知っても仕方がないわ」

「――っ、そんなこと……」

今にも泣きだしそうなほど悲しい表情を見た。だから、俺の口は勝手に動く。

「もっとわかりやすく話せないのか？」

「アレン」

「勇者……アレン」

キスキルと視線が合う。親子の会話に水を差すような真似（まね）はしたくなかったけど、見ていられない。

このままじゃ憂いが残るだけだ。

「子供相手なんだ。抽象的な表現ばかり使わず、もっとハッキリ話してくれ。こいつのことを嫌いになったのなら、そう言えよ」

リリスの心を傷つける言葉だ。それをわかった上で俺は口にした。

「その時は、俺があんたを許さない」

「アレン……」

「あなたには関係のないことよ」

「いいやある。今は、俺がリリスの保護者みたいなものだからな。何よりリリスはあんたの娘だろう？　家族なら、知る権利があるはずだ」

俺は訴えかける。言葉だけではなく視線で。答えを待つが、彼女は黙ったままだ。

「答える気はないか？」

「……」

「だったら方法を変えよう。俺と勝負しろ」

「勝負？」

「何をするつもりじゃ、アレン？」

「安心しろ。悪いことにはならないから」

少々強引なやり方だが、このままじゃ平行線だ。

「俺が勝ったら本心を聞かせてもらうぞ」

「その勝負を受ける理由があるのかしら？」

「俺が負けたら、俺がお前たちの配下になると言ってもか？」

「「「――――!!」」」

さすがに、この発言は予想外だったか。サラは予想していたのかもしれない。彼女以外の全員が、目を大きく見開いて驚いた。

「あ、アレン……」

「本気ですか？　私たちの下につくと？」

「ああ、本気だよ。これなら、受ける価値があるだろ？」

「……」

キスキルが言葉を探している。反論の言葉か、それとも肯定か。それを吹き飛ばすように、ルシファーが命令する。

「受けろ、キスキル」

「ルシファー様」

「魔王からの命令だ。従え」

「……はぁ」

キスキルは大きくため息をこぼした。過去の関係性はあっても、現在の力関係は魔王と部下だ。彼女も、ルシファーの命令には従うらしい。

　俺はルシファーと視線を合わせる。

　礼は言わないぞ。

「ルールは？」

　キスキルが尋ねてくる。

「ただ戦うわけではないでしょう？」

「もちろん、勝負というよりゲームだ。ルールは単純、五分間でリリスに攻撃を一発でも当てたらそっちの勝ちだ。俺はリリスを守る。ハンデとして、俺は聖剣を使わない」

「なんですか、そのルールは？　なぜリリスを」

「それでいい、やれ」

　ルシファーが有無を言わさない。俺の意図をくんでくれている感じが少々癪だが、今はこれでいい。

　ルシファーが認めたんだ。これで逃げ場はないぞ。

「わかりました。私は何を使ってもいいのですね？」

「ああ」

　キスキルはリリスに視線を一瞬向け、逸らした。

「お母様……」

「大丈夫だ、リリス」

不安げな彼女の耳元で、俺は呟く。

「お前はじっとしていればいい。信じろ……俺を、それから……母親を」

「アレン……？」

「見てればわかる。この勝負……始まる前から結果は出てる」

キスキルが俺たちの前まで歩み寄る。距離を保ち、俺の背後にはリリスがいる。巻き込まれないように、サラが部屋の端まで下がった。

「始めましょうか」

「ああ」

俺は拳を構え、キスキルは右手を前にかざす。彼女の背後には巨大な黒い穴が開き、そこから複数の魔物が姿を見せる。

「空間魔法で魔物を」

「キスキルには魔物の管理も任せているんだ」

と、ルシファーが解説してくれた。魔物をどう使うかも、キスキルが権利を握っている。

現れた魔物はまっすぐに、俺たちのほうへ向かう。

「魔物じゃ足りないな」

俺は駆け出し、魔物の顔面を殴り飛ばす。吹き飛ばされて重なったところへ、追い打ちをかけるように蹴りを入れる。

「それじゃ俺には届かないぞ」

「では、こういうのはいかがですか？」

巨大な瞳の魔物が眼前に迫る。独特な雰囲気の魔物だ。これまで見たことがない。魔物の巨大な瞳を見た直後、視界が一気に暗くなる。

先ほどまで見えていた景色が消えて、暗く寂しい世界が広がる。

「これは……幻術？」

いや違う。特殊な結界を展開して、俺だけを閉じ込めているんだ。手足の感覚はそのまま、五感が制御されているわけでもない。

目の前に見えている黒い景色はそのまま壁と天井になっている。漆黒の結界の縁には、魔物と同じ巨大な目がいくつも生成され、こちらを見ている。

「これは閉じ込めた対象を呪う幻影の結界です」

キスキルの声が聞こえる。気配はなく、おそらく結界の外から中を見ることができるのだろう。彼女は続ける。

「無数に見えている眼の中に一つだけ本物があります。チャンスは一度きり。破壊すれば結界は解けますが、失敗すれば永遠に出られません」

「また物騒な物を……こんな魔物、俺は知らないぞ」

「ええ、私も見つけるまでは知りませんでした。固有種のようですね」

「そんな貴重な魔物、この場面で使ってもいいのか？」

「構いません。この世にあなたほどの適任もいないでしょう。最強の勇者」

冷たい声が響く。俺は笑みを浮かべる。

「光栄だな」

キスキルの俺に対しての本気度は伝わった。この間違い探しに失敗すれば、俺は永遠に結界から出られなくなる。

彼女は俺を試しているんだ。

「本物と偽物……か」

見えている眼の数は百を軽く超えている。気配も全て同じ、違いなんて見た目ではわからない。一度しかチャンスがないとか、普通なら諦める。

あとは運に任せるか……だが、俺は運には頼らない。

「悪いな。こういうのは賭けにもならない」

俺には加護がある。嘘を見抜く加護が。この力は生物に対して有効であり、この結界の主も魔物であるなら、加護の適応範囲内だ。

それ故に、俺の眼にはハッキリと、真実が見えている。だから俺は、ただまっすぐに手を伸ばし、その眼を破壊するだけでいい。

「――！」

結界が破壊され、元の場所に戻る。眼前には少し驚いているキスキルがいて、視線が合って俺は笑みを浮かべる。

「俺に嘘は通じないんだよ」

「……」

「どうする？　これで終わりか？」

「なら、数を増やしましょう」

巨大な黒い穴が複数開く。四方を囲むように魔物が出現し、一斉に襲いかかる。

俺はすかさず順番に、一匹ずつ魔物を倒していく。一体一体は余裕だが、一人で複数体を相手にするのは時間がかかる。

今はリリスという護衛対象がある状況。数で押されれば不利だ。が、俺はわかった上で前に出る。あえて隙を作り、リリスの元へたどり着けるように。

「抜けるぞ、キスキル」

「……」

ルシファーの声を聞き、キスキルが前に出る。定まった道を進み、リリスの元へ。

「お母様」

「リリス」

俺は魔物の相手をしている。もはや阻む者はない。一発……当てれば決着はつく。

当てられたら……。

「どうした？　もう間合いだぞ、キスキル」

「……」

「お母様……？」

「……はぁ、私の負けです」

彼女は敗北を宣言し、召喚していた魔物たちを黒い穴に押し込める。

戦いは終わった。俺はパンパンと手を払い、キスキルに言う。

「本音は、聞くまでもないな。あんたはリリスを攻撃できなかった。それが何よりの答えだ」

「……あなた、本当に勇者なのかしら？　やり方が卑怯よ」

「生憎、こんな俺を勇者と呼ぶ奴がいるんだよ」

「……確かにそうね。勇者らしく……おせっかいだわ」

彼女は呆れたようにため息をこぼした。もう、俺の言葉はいらないな。

あとは二人で話せばいい。今度こそちゃんと、親子らしい会話を。

「お母様……」

「リリス……大きくなったわね」

キスキルがリリスを抱きしめる。優しく、温かな抱擁を見せる。

「一人にしてごめんなさい。でも、これが約束だったのよ。彼との……」

「お父様？」

「そうよ。彼は自分が死んだら、私に新しい大魔王を支えてほしいってお願いしてきたの。そうなれる存在を見定めて、導いてほしいってね」

「だから……ルシファーと？」

抱き寄せていた身体（からだ）を離し、キスキルは頷（うなず）く。

「現時点でも、ルシファーが大魔王に近い。だから私は、彼との約束を守るためにルシファーを支えているのよ」

俺は二人を見守る。

そこへルシファーが歩み寄り、俺の隣に立つ。

「大魔王様も大魔王様だが、彼女は真面目過ぎる。まぁ、俺は楽ができているから構わないがな」

「お前、知ってたんだな」

ルシファーは小さく笑みを浮かべる。

俺たちは再び、二人を見る。

「リリス、私も本音を言えばね？　あなたに大魔王になってほしいのよ」

「お母様……」

「だってそうすれば、約束を守ってリリスと一緒にいられるでしょ？」

「……ぅ、お母様……ワシは……ワタシ……」

「そのしゃべり方、彼にそっくりね」

ようやく見せた優しい笑顔に、リリスの心が解かされる。初めてリリスから抱き着く。瞳からいっぱいの涙を流して。

「お母様！　頑張る……絶対、大魔王になるんじゃ」

「ええ……期待しているわ。私と彼の娘だもの」

二人は抱き合う。お互いの存在を確かめるように。親子の絆を、確かめるように。

「これにて一件落着……か」

「なんで協力してくれたんだ？」

「別に協力したつもりはない。憂いが残っていては、全力で戦えないだろう？」

「そういうことか」

魔王らしい考え方だな。だったらお礼なんて言う必要もないだろう。

「俺はここで戦っても構わないぞ」

「……やめておこう。今は……この光景を邪魔したくない」

「……ふっ、勇者らしいことだ」

# 第四章　大魔王の軌跡

キスキルの本心も知り、親子の心温まる光景を眺めていた俺に、ルシファーが一つの提案を口にする。

「お前たち、今日は俺の城に泊まっていくといい」

「……本気か？」

「俺はいつでも本気だ。部屋ならいくらでも余っているぞ」

「そういう意味じゃない」

ここは魔王ルシファーの城で、俺たちは部外者、どちらかといえば敵同士だ。敵の城で一夜を明かすなんて、普通ならありえない。

「安心しろ。気の抜けた相手に不意打ちするような真似はせんよ。心配ならば契約でも結んでおこうか？　俺はこれから一日、お前たちに危害は加えないと」

「……」

俺とルシファーは視線を合わせ、互いの腹を探り合うように無言のまま時間が経過する。未だにルシファーの立ち位置は摑みかねていた。

味方ではないだろう。だが、ハッキリと敵だとも思えない。この悪魔の真意はどこにあるのか……少なくとも、今の言葉に嘘(うそ)はない。加護は反応していなかった。

俺はリリスとキスキルのほうへと視線を向ける。二人はこちらの会話に気づいておらず、まだ抱き合い、嬉(うれ)しそうに話している。

続けてサラに視線を向けると、彼女は小さく頷(うなず)く。

「アレン様が決めたことに従います」

「そうだな」

サラはそう言ってくれると思った。

「わかった。それじゃお邪魔しようか」

「ふっ、ようやくか」

「勘違いするなよ。お前のことを信用したわけじゃない」

「それこそ不要だ。俺とお前は、どこまで行っても勇者と魔王、いずれは戦う運命にある。だが……いつ戦うかは、俺たち次第だ」

ルシファーは王だ。戦いに赴く時は自分の意志で行動する。王国から脱した俺に命令できる人間はいない。そういう意味では、ルシファーの言っていることは正しい。

それとは別に、彼女たちを見ていて思ったんだ。せっかく再会して、本心を知り通じ合えたのに、すぐにお別れは寂しいだろうと。

悪魔も人間も変わらない。家族の時間を大切にするのはいいことだ。

しばらくリリスたちを見守り、落ち着いたところで今晩はルシファーの城に滞在することを彼女に伝えた。

少し驚いていたが、それ以上に嬉しそうだった。子供みたいにはしゃいで、母親と一緒にいられることを心から嬉しがっていた。

ただ、リリスの笑顔はキスキルの提案で吹き飛んでしまう。

「リリス、夕食の前に一度お風呂に入るわよ？」

「お、お風呂……」

「逃げちゃダメよ？　女の子なんだから、ちゃんと身体を綺麗にしなさい」

「……は、はい」

夕食の準備がされている間に、リリスはキスキルに半ば連行されてお風呂に入ることとなった。魔王城には定められたように大浴場がある。

「や、やっぱり嫌じゃ！　お風呂は苦手なのじゃ！」

「我儘言わないの。どうせそう言って、普段から逃げているんでしょ？　私が見ている間は逃がさないわ」

「お母様は悪魔なのじゃ……」

「何を言っているの？　リリスも立派な悪魔よ。だからお風呂嫌いもいい加減克服しなさい」

嫌がるリリスの両脇を抱きかかえ、そのままお風呂場の椅子にちょこんと座らせる。慣れた手つきでリリスの髪を、身体を洗っていく。

「思っていたよりも汚れていないわね」

「うぅ……サラとアレンが風呂に入れとうるさいのじゃ」

「あら、いいことね」

「全然よくないのじゃ！」

怒りながらも抵抗を諦め、リリスはされるがままに洗われている。キスキルはその光景に、リリスの背中を見つめながら懐かしさを感じて微笑む。

「大きくなったわね」

「お母様？　何か言ったか？」

「いいえ、洗い流すわよ。目を瞑っていなさい」

「うむ」

ザバンとお湯をかぶり、リリスはぶんぶんと首を左右に振る。

「これで終わりじゃな！　さぁ外に！」

「ちゃんとお湯にもつかりなさい」

「嫌じゃ……」

駄々をこねても関係なく、キスキルに引っ張られてお風呂の中に入れられる。逃げられないようにキスキルの膝の上で。

「わからん。こんなお湯につかって気持ちよさそうにするなど……理解できんのじゃ」

「私も最初はそうだったわ。人間は面白いことを考えると思ったものよ」

お風呂に入るという習慣は、本来悪魔たちにはなかった。人間と争い、関わりを持つことで、その文化の一部を取り入れていった結果である。

「そのうち慣れて、気持ちいいと感じるようになるわ」

「うぅ……別に慣れなくてもよいのじゃ」

ぶくぶくぶくと、口を半分お湯につけて不貞腐(ふてくさ)れたような顔をする。そんなリリスの顔を覗(のぞ)き込みながら、キスキルは尋ねる。

「……リリス、寂しい思いをさせてごめんなさい」

「大丈夫じゃ！　寂しくなんかない！　今はアレンたちもおるからのう！」

「リリス……」

「それまでは一人で寂しかったけど……お父様との約束なら仕方がないのじゃ。ワシが弱かったのも事実だからのう」

「……成長したわね」

子供っぽさは消えていない。しかしリリスも成長している。悪魔として、魔王として、少しずつ。キスキルは娘の成長を肌で感じていた。

そうして理解している。リリスの成長を促したのは、紛れもなく一人の勇者なのだと。

「ねぇリリス、普段はどんなふうに過ごしているの？」

「修行ばっかりじゃよ！　アレンとサラは加減をしらん！」

リリスは身振り手振りと表情で、これまでの日々を母親であるキスキルに語って聞かせた。離れていた期間を埋めるように、身体(からだ)はお風呂で温めて、心は会話で温めていく。どちらも楽しそうに、満たされながら。

「楽しそうね」

「まぁそうじゃな。アレンがいなかったら……きっと今も独りぼっちで、お母様と話すこともできなかったのじゃ。じゃから一応……感謝しておるぞ」

「それ、ちゃんと彼にも伝えなさい」

「う、うむ、そのうちな」

リリスは恥ずかしそうに頬を赤らめる。

「じゃが感謝ばかりではないのじゃ！　アレンはいろいろ強引じゃからな！　お風呂だって無理やり入れようとするのじゃ」

「そう。彼ともお風呂に入っているの？　一緒に？」

「うむ、何回かそうじゃった。嫌がるワシを強引に脱がして入れるんじゃ」

「それは……ちょっと後で話をしないといけないわね」

リリスは察する。キスキルが自分の味方をしてアレンを怒ってくれるのではないかと。アレンが誰かに怒られる姿など見たことがない彼女は、少し興奮していた。

今頃、リリスは風呂に入っている頃だろう。俺とサラはというと、特にやることもなく暇を持て余していた。

「本当に何もしなくていいのか？」

「無論問題ない。お前たちは来賓だ」

城の主であるルシファーにそう言われたら、手伝うこともない。かといって何かするわけでもなく、テキトーに廊下を歩いている。

「好きに見て回るといい」

「いいのか？」

「構わん。見られて困るものなど、この城にはないのでな」

そう言い残し、ルシファーは一人先に歩いて行く。その後ろ姿を見ながら、俺は呆(あき)れて笑う。

「豪快な奴だな」

大魔王サタンはよく、あんな我の強い悪魔を従えていたものだ。サタンのもつカリスマ性が為せる業なのか、それとも……。

「アレン様、どうされますか？」

「そうだな。風呂はまだ入れないし、リリスたちが出るまで……ん？」

廊下の反対側から誰かが歩いてくる。風呂上がりのリリスと、キスキルの二人だということはすぐにわかった。

まっすぐこちらに向かってきている。キスキルは何やら真剣な表情で、リリスは自慢げというか、ニヤニヤしている。

二人は俺の前で立ち止まる。キスキルの視線は、完全に俺を捉えていた。

「勇者アレン、あなたに言いたいことがあるわ」

「え、なんだ？」

「リリスから聞いたわ。あなた、リリスをお風呂に入れているそうね」

「あ、ああ……」

ここで俺は悟る。リリスは悪魔だが、一応性別的には女の子で、種族が違えど俺は男だ。年相応の男女が風呂に入る。

その話を聞いて、母親として何を思うだろうか。キスキルの真剣な表情を見て、これは説教される流れではないかと身構えた。

普通に考えれば、年頃の娘を無理やり男が風呂に入れていたなんて、母親として許せる行為ではないだろう。

リリスがニヤニヤしているのも、俺が怒られる姿を楽しみにしているからか。仕方がない。事実だし、ここは素直に怒られるしかないか。

と、覚悟を決めた俺に、キスキルは言う。

「これからも娘をよろしくお願いします」

「え?」

「なっなんでじゃ!」

リリスのツッコミが廊下に響く。俺も思わず驚いて、キョトンとした表情を見せる。てっきり怒られると思っていたのに。

「怒らないのか?」

「怒る?　どうして?」

「お母様!　アレンは男じゃぞ!　男がワシを無理やり風呂に入れておるのじゃぞ!」

「それはあなたが嫌がるからでしょう。そうでもしないと入らないから、勇者アレンも強引になっているだけじゃないのかしら?」

「うっ……」

リリスが黙り込む。実際その通りで、返す言葉もないからだ。

「手間をかけさせてごめんなさい。あんまり嫌がるなら、手足を縛りつけてもいいわよ」

「ひ、ひどすぎるのじゃ！　よいのかお母様！　いつかアレンもワシに欲情して手を出すかもしれんのじゃぞ！」

「お前なぁ……」

「それで手籠め(てご)にされるようならその程度だったということよ。あなたは魔王でしょう？　敗者は勝者に従うものよ」

なるほど、とても悪魔らしい考え方だと納得する。当の本人は顔を赤くして、悔しそうに涙目になりながら叫ぶ。

「お母様の裏切り者おおおおおおおおお！」

そうしてリリスは一人で廊下を駆けだしてしまった。キスキルは追わず、ため息をこぼす。

「まったくもう、やっぱり子供のままね」

「いつも以上に子供っぽくないか？　なぁサラ」

「そうですね。母親の前で、気が抜けているのかもしれません」

まるで保護者三人が並び、娘の様子を見守っているようにリリスが見えなくなるまで廊下の先を見つめる。

「勇者アレン」

キスキルに名を呼ばれ、振り向き向かい合う。

「改めて感謝するわ。あの子を支えてくれて……本当にありがとう」

彼女は頭を下げる。魔王ルシファーの補佐役であり、大魔王サタンの妻。魔界のトップを歩み続けた悪魔が、勇者に向けて頭を下げる。

今は悪魔としてではなく、一人の母親としての姿を見せてくれている。

「成り行きだ。それに、最初にきっかけをくれたのはリリスだから」

「そうだったの？」

「ああ、あいつが俺をスカウトしてくれた。リリスが誘ってくれなければ、今の俺たちはない。だからまぁ、俺も感謝はしている」

リリスに直接は言わない。言えば絶対に調子に乗り出すから。

「魔王が勇者を勧誘する……しかも最強の勇者をスカウトするなんて、凄いことを考えるものね」

「まったくだよ。そのくせ自分は未熟で、お金も全くなくて、見栄っ張りだ」

「それでも、あの子に応えてくれてよかった。あの子と出会ってくれた勇者が、あなたでよかったと心から思うわ」

勇者と魔王は宿敵同士、出会えば殺し合うのは必然。それ故に、その出会いに感謝することなどありえなかった。

　また一つ、世界の常識が覆（くつがえ）る。

「これからも、あの子のこと、お願いするわ」

「任せてくれ。俺があいつを、最高の大魔王にしてみせる」

　テーブルに料理が並ぶ。朝食にしては豪勢なメニューばかりだった。

　いつも通りサラが腕を振るってくれた……というわけではない。

　ここは敵国、ルシファーの魔王城。用意された朝食を作ったのは、大魔王の妻にしてリリスの母親であるキスキルだった。

「味はどう？」

「美味（おい）しいのじゃ！　それに懐かしい」

「そう、よかったわ」

　母親の手料理を百年ぶりに食べたリリスは、うっとりと満足げな表情をしていた。

　確かに美味しい。

　悪魔が料理を作るイメージが足りなくて、勝手に大雑把（おおざっぱ）なメニューを予想していた俺は、人間界で食べる料理と遜色（そんしょく）なくて驚く。

彼らにも人間に似た生活習慣があることは知っていたけど、こうして直接触れればより実感する。俺たち人間と、悪魔にさほど差がないことを。

「二人も口に合っているかしら？」

「ええ」

「とても美味しいです」

「それはよかったわ。人間に、しかも勇者に食事を振舞うことになるなんて思ってもいなかったわ。長生きはするものね」

「お互い様ですよ」

改めて思う。ここは魔王城、魔界の王が住まう敵地のど真ん中だ。

俺のほうこそ思ってもみなかった。視線を横に動かし、同じテーブルに向かって食事をする魔王ルシファーに向ける。

彼も俺の視線に気づき、にやりと笑みを浮かべる。

「どうした？　俺と戦いたくなったか？」

「違う。自分でも信じられないだけだ。まさか……敵地の城で一夜を明かして、そのまま朝食まで一緒に食べるなんてな」

「お前たちならいつでも歓迎するぞ。もちろん安全は……保証できないがな」

「ふっ、それはそうだ」

とか言いつつ、昨夜は何もしてこなかった。一応警戒していたが杞憂だったな。

少なくともルシファーは、無防備な睡眠中を襲うような卑劣な魔王ではなかったらしい。しかし勇者初、いや人類初だろう。敵である魔王城で一夜を過ごし、共に食事までした人間は……いいや、最近はずっとしていたか。俺たちが今住んでいる場所も、魔王城だったことをすっかり忘れていたよ。

「お前たちが望むなら、今宵も泊まっていくといい」

「ありがたい話だが、さすがに帰るよ。あまり長い間、魔王城を留守にはしたくないんでね」

「そうか、残念だ。今日こそ、あの日の続きをしたかったんだが」

「また今度にしてくれ」

俺がそう言うと、ルシファーは引き下がる。

不思議な魔王だ。戦いたいというなら、今すぐにでも襲い掛かってくればいい。

俺たちは敵同士だ。片方が手を出せば、その時点で戦いのゴングは鳴る。

「……ルシファー、お前はどっちなんだ？」

「なにがだ？」

「リリスを裏切って彼女の元を去ったのか？」

俺の質問に、リリスやサラが注目する。場が静寂に包まれた。家族二人、だんらんの会話を邪魔してしまって申し訳ないとは思う。だが、聞かずにはいられなかった。

敵である俺たちを宿泊させたり、キスキルとリリスの和解をサポートしたり。行動がまるで敵に思えない。

ルシファーは質問を質問で返す。

「お前はどう思う？　勇者」

「お前も、キスキルと同じじゃないかと思っている。大魔王サタンに何かを託されたんじゃないのか？」

キスキルがリリスの元を去ったのは、今はなき夫との約束を果たすため。大魔王を補佐する。そうなる存在を見定めて、導いてほしいという願い。彼女はただ、大魔王の遺志を尊重していた。

ルシファーはかつて大魔王の部下だった。ならば彼にも、大魔王は何かを託したんじゃないか？

俺の推測を聞いたルシファーは、にやりと笑みを浮かべる。

「――お前たちなりの方法で魔界を守ってほしい。確かに大魔王様はそう言っていた」

「お父様が……？」

「ええ。勇者アレンの推測はほとんど正解よ」

キスキルも肯定した。やはりそうだったのかと納得する。

続けて説明を補足するように、キスキルが話し出す。

「ルシファー、ベルゼビュート、ベルフェゴール……当時幹部だった三名に、大魔王サタン……私の夫は後の魔界を託したわ。自分が死ねば、無関係な悪魔や亜人たちまで戦いに巻き込まれる。混乱を避けるためには力がいるのよ。圧倒的な……ね」

「だから……ルシファー、お前は大罪の魔王を集結させたのか」

「さぁ、どうだったかな」

今さら誤魔化さなくてもいいのに。しかしこれでハッキリした。

大罪の三柱、大魔王の部下だった魔王たちは今も……かの大魔王の遺志を全うしている。

だったら俺たちは――

「協力はできないぞ?」

「なぜじゃ！　お前たちもお父様の遺志に応えておるのじゃろう！　なら！」

「勘違いするな、リリス」

ルシファーは冷たく言い放つ。

「大魔王サタンはいない。俺たちに命令を下せる存在はいなくなった。俺も、ベルゼビュートも、ベルフェゴールも、今や敵同士だ」

「じゃがぬしらは……」

しょぼんとするリリス。彼らが大魔王の遺志を継いだなら、俺たちとも協力できると思ったんだが……考えが甘かったらしい。

「お前は、大魔王サタンの夢を知っていたのか？」

「全種族の共存だな。当然知っていた。傲慢(ごうまん)な夢だ……それが気に入って俺も協力した。何より、あの方なら実現できるかもしれないと思ったから」

サタンは幹部に、自らの夢を語っていたらしい。彼らは皆、サタンの真意を知った上で従っていた。

それぞれ感覚の違いはあれど、サタンの夢に共感していたんだ。

この話を聞けば、尚更(なおさら)協力できそうな気はする。が、ルシファーは否定する。

「大魔王サタンでも成しえなかった理想……それを叶(かな)えるためには絶対的な力がいる。過去、未来に届く者はないほど絶大な力が……今のお前たちでは力不足だ」

「それは俺にも言ってるのか？　だったら心外だな」

「お前は強い。長い勇者の歴史でも、お前ほど神に愛された勇者はいないだろう。だが、お前もわかっているはずだ。お前ひとりが最強では足りないことを。だからリリスを鍛えているんだろう？」

「……そうだな」

よく見抜いている。

見透かされている感覚がムカつくが、まさにその通りだった。

「俺は、自分より弱い王に従うつもりはないぞ」

「なら問題ない。いずれ必ず、リリスはお前より強くなる。お前を負かして、俺たちの夢を手伝わせてやるさ。なぁ、リリス」

「うむ！　待っておれルシファー」

「……ふっ、期待せずに待つことにするさ」

朝食を終え、話を終え、俺たちは魔王城の出入り口に立つ。

「ちゃんと毎日食べなきゃだめよ？　しっかり睡眠もとりなさい。子供のころの成長に睡眠は不可欠よ」

「わかっておるのじゃ。心配はいらん」

「寝すぎて朝起きられない、なんてことにもなってはだめよ？」

「わ、わかっておるぞ？　ちゃんと起きておる」

起こしてもらっている、の間違いだな。補足するまでもなく、キスキルには見抜かれている様子だった。

母親にテキトーな嘘は通じない。

「勇者アレン、この子のことを頼むわ。勇者に娘のことをお願いするのも、変な話だけど……」

キスキルは俺のことをじっと見つめる。何か言いたげな表情で。

「少し、サタンに似てるわね」

「え？　俺が？」

「ええ。若いころの彼と同じ眼をしているわ。強くて、優しくて、どこか寂しそうな眼ね」

寂しそう？

俺ってそんな眼をしている……のか？

初めて指摘されたことに戸惑いながら、キスキルの言葉に耳を傾ける。

「安心したわ。この子も、あなたのことを信頼しているみたいだから」

「べ、別に信頼など……して、おらん」

勢いが失速して、最後のほうは消え入りそうな声だった。

恥ずかしいのか顔を背ける。そんなリリスを見て、キスキルは微笑む。母親らしい安心した笑顔だ。

「手のかかる子だけど、これからもお願いするわ」

「任せてくださいよ。みっちり鍛えてやりますから」

「心強いわ。リリス、彼の言うことはしっかり聞きなさい。訓練も逃げちゃだめよ？」

「わ、わかっておる……のじゃ」

リリスの甘い部分もしっかり見抜いている。さすが母親、離れていても子供のことをちゃんと考えていたのだろう。

「帰ったら厳しく行くぞ。覚悟しておけよ」

「うぅ……」

「ふふっ、そうだわ。一ついい場所を教えてあげるわ。きっと役に立つはずよ」

「場所？」

俺は首を傾げると、キスキルはどこか遠いところを見つめながら語る。

「あの城までの帰り道に、かつて彼が……大魔王サタンが修行を積んでいたダンジョンがあるのよ」

「お父様が!?」

「そんなものがあるのか」

「ええ。秘密の場所だから、彼と私しか知らないわ」

キスキルは話しながら、昔を懐かしむように微笑む。大魔王との、夫との思い出を振り返っているのだろうか。

今の話が本当なら、ルシファーも知らないということだが……。

「俺も初耳だな」

視線を向けるとルシファーが答えた。大魔王とその妻しか知らない秘密のダンジョン、修行場所か。

キスキルは続けて語る。

「あのダンジョンの特性なら、今のリリスが強くなるためにピッタリのはずよ。それから奥にちょうどいい物が保管されているわ」

「なんじゃ？」

「あの子、ドラゴンロードに卵を託されたのでしょう？」

かつて大魔王に仕えたドラゴンの王は、長い時を生き、ついに寿命を迎えてしまった。生まれ変わる自身の卵を託す相手を探していたロードは、リリスと戦った。

彼女が相応しいかどうかを試すために。力を示したリリスはロードに認められ、卵を受け取り、守り育てる役目を担った。

「うむ！　今も大事にお城でお世話しているのじゃ！」

リリスは自信満々にそういうが、お世話と言っても毎日変化がないか観察しているだけだ。今のところ変化はなく、孵化の予兆もない。

「ロードの卵は特殊よ。普通に待っていても永遠に孵化しないわ」

「そうだったのか！」

「小さい頃に教えたはずよ」

「うっ……そうじゃったかのう～」

リリスはわかりやすく誤魔化すように目を逸らす。やれやれと呆れるキスキルは、俺に視線を向けて続きを語る。

「ダンジョンの奥に、孵化に必要な台座が置いてあるわ。台座に卵を乗せれば、ロードは子ドラゴンとして生まれ変わるはずよ」

「わかった。じゃあ修行ついでに取りに行こう。詳しい場所と、ダンジョンについて軽く教えてもらってもいいか？」

「ええ、もちろん。彼もきっと喜ぶわ。あのダンジョンは――」

キスキルは続ける。懐かしさのこもった笑顔と共に。

「彼が作ったものだから」

俺の耳元でそうぼそりと呟(つぶや)き、大魔王のダンジョンについての情報を教えてもらった。リリスには聞こえぬように俺だけが聞く。確かに今のリリスにはピッタリだ。

「ありがとう。これで修行も捗(はかど)るよ」

「頼むわね。あの子が立派な魔王になる日を、私も期待しているわ」

「勇者アレン、俺たちの戦いにも決着をつけるぞ」

「ルシファー」

彼は俺の前に立つ。

視線が合う。お互いに笑みを浮かべて言う。

「わかってる」

俺はかつてルシファーに傷つけられた頬に触れる。

「俺も、やられっぱなしは嫌なんだ。借りはとびきりでかくして返すぞ」

「楽しみだ」

話したいことも十分に話し終えた。俺たちは帰路につくため、城門を潜れる位置まで進む。二人はギリギリまで見送ってくれるらしい。キスキルの力で送ってもらう話もでたが、移動も修行のうちということで断った。

移動には五日間かかるが、その間に今後のことも考えるつもりだ。

「一つ、アドバイスをしてやろうか？」

「なんだ？」

「お前たちが最初に狙うべき大罪は……憤怒(ふんぬ)だ」

唐突に、ルシファーが俺たちに助言した。

「なぜだ？」

「それは自分たちで考えろ。聞くも流すも好きにすればいい」

彼はそれ以上何も語ってはくれなかった。聞いたところで答える気もなさそうだ。

助言はありがたく受け取り、ついに別れの瞬間がやってくる。

「じゃあね、リリス」

「うむ。また会いに来るのじゃ」

「気軽に来てはだめよ？　ここはあなたの城じゃないんだから」

「だったら今度は、ワシの城に遊びに来てほしいのじゃ」

「……そうね。近いうちにお邪魔するわ」

キスキルはリリスの頭を撫でる。嬉しそうなリリスを見てほっこりする。

こうして、俺たちはルシファーの領地を出発した。

帰り道、少し寄り道をする。

キスキルから教えてもらった大魔王が修行したというダンジョンは、道中の山脈にある崖の下に入り口が眠っていた。

地味でわかりにくい場所にあるから、あることを知っていなければ誰も気づかないだろう。特に気配もなく、岸壁に隠されたように、鉄の扉が立っている。

「ここがお父様が修行したダンジョン……」

「そうらしいな。正確には、大魔王が修行するため、自ら作り上げたダンジョンだ」

「凄いことをしますね。大魔王はダンジョンすら作ってしまえるなんて」

「ああ。発想が普通じゃないな」

魔界に点在するダンジョンは、そのほとんどが自然発生したものだと言われている。激しい戦いによって土地に魔力が満ち、天変地異を経てダンジョンと化す。

他にも元から魔力が溜まりやすい場所を利用して、ダンジョンを作る悪魔もいるそうだ。

大魔王が異常なのは、ダンジョンを作れる環境すら、自身の魔力で作り出してしまえたということ。当然だが、実力は相当なものだったに違いない。

少なくとも、魔力の総量はけた違いだっただろう。近づいてようやく感じる。この扉も、奥のダンジョンも、大魔王の魔力が宿っている。

リリスはごくりと息を呑む。

「リリス、入る前に言っておくが、ダンジョン内ではお前一人で戦うんだ」

「な、なんでじゃ？　アレンたちは来てくれんのか？」

リリスは不安そうに俺のことを見つめだす。子供らしく縋るように、甘えた表情から感じ取れる子供らしい可愛さに、少しぐっとくるものがあるが……。

「違う。一緒には入る。ただし戦わないってことだ」

「それは、ワシの修行だからか？」

「そうだな。戦わないというより、戦えないんだよ。このダンジョンは……悪魔のためのダンジョンなんだ」

俺はキスキルから、このダンジョンの全貌をすでに聞かされている。せっかく修行の場なんだ。多少は緊張感を持ってもらわないと困る。だから俺は、少しだけ彼女に嘘をつく。

「このダンジョンにいる魔物は悪魔の魔力でなければ倒せない。だから俺が戦っても無意味なんだよ」

「そ、そうなのか……」

「だから頼んだぞ。ダンジョンの奥までたどり着けるかどうかは、お前にかかってる」

俺はリリスの頭をぽんと軽く叩くように撫でた。本当は聖なる力でごり押しすれば、普通に魔物を倒すこともできるし、何ならダンジョンの破壊も可能だけどな。

ここはリリスの修練場だ。俺は出しゃばらない。

「わかったのじゃ！　任せておけ！」

「よし。じゃあ行くぞ」

リリスにも気合が入ったことを確認して、俺たちはダンジョン内へと足を踏み入れる。

ダンジョン内は石畳が敷かれ、壁や天井もタイルで補強されており、人工物であることが容易にわかる。

「ルートは俺が知ってる。案内はするから、戦闘は任せるぞ」

「わかったのじゃ！」

「ん？　さっそくだな」

道の先から複数の気配、足音が近づいてきている。まだ視覚には捉えられないが、がしゃがしゃと規則的な足音が響く。

リリスが前に出て構える。その後ろから、俺はリリスに言う。

「一つ条件を出そう」

「なんじゃ？」

「魔剣は使うな。それから魔法もなしだ」

「な、なんでじゃ？」

「そのほうが修行になる」

このダンジョンの特性、現れる敵の情報からすれば、今のリリスに足りない力を補塡できる。

そのためには、魔剣や下手な魔法に頼るのは逆効果だ。理解できないリリスは首を傾げるが、説明している暇もなく、敵が現れる。

「なんじゃあれは……魔物なのか？」

現れたのは人形だった。白い人形、手には剣や斧といったそれぞれの武器を所持している。

大きさは成人の人間と同じくらいで、魔力によって稼働している。

「このダンジョン専用の敵だな」

「よくわからんが、あれを肉弾戦で倒せばよいのじゃな！　簡単じゃ！」

リリスはペンダントの力を発動させ、大人バージョンへと変身する。そのまま地面を大きく蹴りだし、一体目の人形へと突っ込む。

「ぶっ壊してやるのじゃ！」

彼女は思いっきり人形の頭を殴った。凄まじい音が響く。大人バージョンとなったリリスは、悪魔に相応しい身体能力を獲得する。生身で岩をも砕く拳だ。

だが、人形はびくともしていない。それどころかヒビすら入っていなかった。

「なっ！　なんでじゃ！」

人形がリリスを攻撃する。咄嗟に後ろに跳び避けて回避し、額から汗を流しながら困惑の表情を見せる。

「ワシの拳が効いておらんぞ？」

「ただの拳じゃ効かない。拳に魔力を乗せて殴れ。そいつらは魔力のこもっていない攻撃は透過するんだ」

「そういうことは先に教えてくれ！」

リリスは文句を言いながら、今度は両こぶしに魔力を纏わせて殴りかかる。

「今度こそ！」

同じところを思いっきり殴る。魔力を込めた拳は、岩どころか大地を軽々と割る威力になっているだろう。しかしこれも……。

「効いておらんではないか！」

人形には通じていない。まるで攻撃そのものが通じていないような違和感をリリスは感じ取っているだろう。

「どういうことじゃ！」

「相手をよく見ろ。魔力の流れ、総量、性質がそれぞれ違うはずだ」

「ん？」

リリスは人形の攻撃を回避しながら、俺の言葉に従って人形を観察する。魔力を扱わない俺には彼女ほど魔力を捉える感覚はない。

それでも今の彼女よりは気づいている。人形の身体に流れる力が一定ではないことを。

「確かにそうじゃな」

「人形の魔力にこっちが合わせるんだ。その人形は、自身と同量、同質、同じ勢いの魔力で攻撃しないと倒せない」

「なるほどな！　そんな性質が……って！　知っておるなら最初から教えてくれ！」

「自力で気づいてほしかったんだよ」

さすがに情報がない状態で気づくのは難しいか。リリスの場合、ペンダントの効果時間という制限もある。

「そうとわかればこっちのものじゃ！」

リリスは三度目の攻撃に入る。今度は一体目の魔力をよく観察し、同じ力を纏わせて、最初と同じ顔面を殴る。

拳が人形に触れた瞬間、魔力同士が反応し合い、人形は粉々に砕け散った。

「やったのじゃ！」

「まだ来るぞ。集中しろ！」

「わかっておる！」

次々にくる人形に合わせて、リリスは魔力を調整して攻撃する。魔力さえ合わせれば、力がなくとも人形は破壊できる。

その光景を見守りながら、隣でサラがぼそりと呟く。

「脆いですね。あの人形は」

「そうだな。条件さえ突破すれば簡単に破壊できる。その代わり、条件を満たさなければ破壊できない。そういう性質の人形だ。このダンジョンにいる敵は全てそうなってる」

「魔力操作の修練、でしょうか」

「そう。今のリリスに足りていないのは、自らの魔力を制御する技能だ」

さすがリリスの母親、娘のことをよくわかっている。もしくは大魔王サタンも通った道なのかもしれない。

「悪魔にとって魔力は、あらゆる力を行使するために一番必要なエネルギーだ。魔剣も、魔法も、その他の魔導具に関しても、魔力がなければ発動できない。リリスは他の悪魔に比べて魔力操作が未熟なんだ」

これまで戦闘経験がなかった影響か。そもそも悪魔は長命で、人間よりも時間の感覚が長い。

人間のほうが短い一生だが、その分、一日一日は濃密で、短期間で経験を積み重ね成長することができる。もっと単純に言えば、やはり彼女はまだ子供なんだ。

　魔力操作の未熟さは、その他の技能にも大きく影響してしまう。

「リリスが五分間しか大人になれないのは、魔力操作が未熟な影響もある。終焉の魔剣で無制限の魔力を手に入れても、扱えなければ宝の持ち腐れだ」

「だからこのダンジョンなのですね」

「ああ。戦いの中で、魔力操作の感覚を研ぎ澄ます。最終的には魔力を手足のように扱えれば完璧だが……」

「終わったのじゃ！」

　戦闘を終えたリリスが戻ってくる。すでにペンダントの効果は解除され、子供の姿に戻っていた。なんだか嬉しそうだ。

「この程度なら楽勝じゃな！」

「今はな。奥に進むごとに、破壊の条件は厳しくなる。多少のブレ、誤差も許さない。それに魔物の動きも素早く、攻撃は重くなるぞ」

「そ、そうなのか……大丈夫じゃ！　魔力を使う感覚に慣れてきたからのう！」

「だといいな」

　リリスは楽観的だが、おそらくそんなに簡単じゃない。もし簡単に摑める感覚なら、大魔王もわざわざダンジョンなんて作らなかっただろう。

　一時間後――

「はぁ……はぁ……」

「何を休んでるんだ？　次が来るぞ？」

「わ、わかっておるのじゃ！」

　俺たちはダンジョンの奥へと進み、リリスが人形と激戦を繰り広げていた。俺が道中で教えた通り、人形はより手ごわく、破壊の判定は厳しくなっている。

　最初の数体こそ簡単に倒せていたが、今は何発か無駄にしつつ、相手の魔力に合わせていく作業が必要になっている。

「くぅ……スッキリせんのじゃ」

「だから言っただろ？　最初は楽で、奥に進むにつれて厳しくなる。より正確な魔力操作の技術がなければ人形は破壊できなくなるぞ」

「言われんでもわかっておる！」

「残り時間も気にしておけよ」

「指示ばっかりじゃな！」

「仕方ないだろ？　俺たちは魔力が使えないんだから」

　と言いながら、俺たちは安全圏で傍観を決め込んでいた。やろうと思えば人形くらい聖剣で破壊できるが、ここで教えたら気を抜くのはわかりきっている。

「あーもう！　イライラするのじゃ！」

「冷静になれ。がむしゃらに攻撃しても人形は破壊できない。戦いは冷静さを欠いたほうが負けるんだ。いきなり賢くなれなんて言わない。動揺するな。たとえ動揺しても表情に出さないように心がけるんだ」

「む、難しいのじゃ……」

「それができるようになれば、お前は悪魔として一つ上のステージに上がる。かつて大魔王サタンが通った道だ。お前が通れない道じゃない」

これくらいは言ってあげてもいいだろう。鞭だけじゃ人も、悪魔も成長しない。彼女に向けて、最大のエールを。

「お前は、大魔王サタンの娘だろう？」

「――そうじゃ！　ワシはお父様の遺志を継ぐ！　これくらいできて当然じゃ！」

「その意気だ」

リリスはまだ未熟で子供だ。やる気と能力が比例する。少しでもやる気が増せば、戦いへの集中力も変わるだろう。

「リリス様の扱いに慣れてきましたね、アレン様」

「そうだな。リリスの性格はわかりやすいから助かるよ」

「誰にでもそういうわけではないと思います。きっと、リリス様も感じているのでしょう。キスキル様と同じように」

「……」

別れ際、キスキルに言われた言葉を思い出す。

俺はどうやら、大魔王サタンに似ているらしい。勇者が魔王に似ているなんて、普通に考えたら最大の侮辱だ。

けれど、大魔王サタンの願いを知っている今は、侮辱どころか名誉のようにも感じてしまう。

おそらくこの世界でただ一人、最初に全種族の共存を夢見て、それを実行しようとした男だから。

だからこそ、彼の遺志を継いでいる幼き魔王を一人前にしてみせる。自由になった今の俺に、唯一の使命があるとすれば……彼女の成長を見届けることだろう。

そうして気合の入ったリリスを見守りながら、俺たちはダンジョンをさらに進める。中は迷路になっていたが、キスキルから正しい道は聞いている。

修行のためなら全部リリスに任せてもよかったが、時間が限られている今、効率が最優先。

目的のものを手に入れ、戦闘経験値も培う。

そのために最難関、このダンジョンの最終地点にいる巨大人形の相手を、これからリリスはすることになる。

「この先に部屋がある。そこにいる門番……最後の人形を倒せば、その先の部屋に道が開き、外に出られる設計らしい」

「ついに最後じゃな！」

「どうだ？　魔力の扱いは慣れてきたか？」

「うむ！　ダンジョンに入る前より、ワシ自身の魔力を強く感じるのじゃ！　ペンダントを使っていない今でもな！」

ペンダントの成長によって得られる魔力は、彼女自身の奥底に眠っている潜在能力の一端だ。子供の状態で自身の力を少しでも感じるようになったということは、彼女自身が己の潜在能力を発揮しつつあるということ。

まさしくそれは、彼女の成長の表れだった。

「気合を入れておけ。最後の人形は、これまでのどの人形よりも手ごわい」

「任せるのじゃ！　今のワシなら、素手でドラゴンとも戦えるぞ！」

「頼もしいな。じゃあ、期待して見ているさ」

最後の部屋にたどり着く。

もはや廊下ではなく、広々としたドームのような空間がそこにある。部屋の中心には、俺の身長の五倍はある大きな人形が座っていた。

手は四本、足は六本、人形ではあるが……人の形はしていない。手にはそれぞれ異なる武器を手にし、俺たちの侵入を察知して動き出す。

「見ておれ！　成長したワシの力を！」

ボス人形よりも先に、リリスがペンダントの力を行使して動き出す。これまでの経験で培った魔力操作と、相手の魔力を把握する観察眼。

それらを駆使し、人形と同質、同量、同じ勢いの魔力を拳に纏わせ人形の胸を殴る。が、人形はこれを片手で防御する。

「――――！　防いだ？　こいつは……」

今の一撃で何かに気づいたリリスは、一旦大きく後退してボス人形と向き合う。

「何かわかったか？　リリス」

「……こいつ、常に魔力を変化させておるのじゃ。今のも完璧に合わせたはずなのに、攻撃の瞬間にズラされたのじゃ」

「正解だ。このボスの特徴は、魔力を瞬時に変化させること」

キスキルから聞いた変更速度は、一秒十八回。魔力の性質から流れ、出力に至るまで、ボス人形の魔力はコロコロ変化してしまう。

つまり、このボス人形を倒すためには、一秒間に十八回変化する魔力に適応しなければならない。

「厄介じゃな……」

「できなきゃ負ける。見せてくれるんだろ？　成長した姿を」

「と、当然じゃ！　ワシならやれる！　やってみせる！　お父様が超えたように！」

リリスは気合を入れなおし、ボス人形に向かっていく。その様子を、俺とサラは遠くで見守っている。

「アレン様」

「ああ、リリスなら大丈夫だ」

やる気に満ちている。細かな制御に関しては、魔力のない俺には感知できない。それでもわかるんだ。彼女は戦う度に成長している。

ここに至るまで、人形の破壊条件は細かく、より厳しく設定されていた。身体が慣れ、感覚として培われ、意識的から無意識に、彼女は魔力を操作していた。

リリス自身、どこまで実感しているかわからない。だが確実に、彼女は成長している。その証拠に、今の彼女は動じていない。

瞬時にボス人形の性質に気づき、その厄介さを理解した上で、対処しようと動き出している。

「キスキルに見せたかったな」

「そうですね」

きっと喜んでくれるだろう。今、この世界にはいない偉大な魔王も、娘の成長を歓迎しているはずだ。

リリスはボス人形に接近し、何度も攻撃を繰り返している。がむしゃらに攻撃しているように見えて、距離やタイミング、魔力の状態を測っている。

「もうちょっとじゃ」

慣れさせている。身体を、魔力を、ボス人形の性質に。魔力の変化速度からして、意識して切り替えていては間に合わない。

故に求められるのは、無意識下で魔力の状態を一致させること。そのために必要な経験は、ここに至るまでに積み上げている。

「そこじゃ！」

リリスの拳がボス人形の脚と腕を捉えた。今度は完璧に魔力を一致させ、ボス人形の腕が崩壊していく。だが崩壊は途中で止まってしまう。

「アレン様！」

「人形の魔力変化は全身ではなく部位でも分けられている。一撃じゃ倒せない。そのことを──すでに気づいている」

リリスは反対の拳に魔力を込めて、次の腕に照準を合わせて殴り込む。

「まだまだ！」

戦いの中で学習し、ボス人形の性質を完璧に理解していたリリスは、腕が崩れた隙をつき、続けて他の部位への攻撃を加えていく。

一撃で倒すことはできない。だから彼女は、一発一発の魔力を調整し、タイミングを合わせ、部位ごとに破壊していく。

　まずは四本の腕を破壊し、攻撃手段を奪う。続けて脚を破壊して、逃げられないようにする。動けなくなったところで胴体を破壊し、最後に残った頭部を……。

「これで終わりじゃ！」

　右の拳に魔力を込めて、全力でたたき込んだ。人形の頭は崩れ落ち、頭部から銀色の鍵がカランと音を立てて落ちる。

　リリスは鍵を拾い上げて、俺に見せながら笑顔になる。

「どうじゃ！　見ておったか！」

「ああ、いい動きだった」

「ア、アレンがワシのことを褒めたのじゃ！」

「ちゃんと成果を出したなら褒めるよ」

　驚くリリスに歩み寄り、ペンダントの効果が切れて小さくなった頭を、俺は優しくゆっくり撫でてやる。

「よく頑張ったな」

「うむ」

　嬉しそうに崩れた笑顔を見せるリリスは、手に入れた鍵を大事そうにぎゅっと握りしめている。

「その鍵が、次の部屋に続く扉を開けてくれる」

「うむ！　ロードの台座じゃな！」

戦っていたドーム状の空間の奥に、入り口と同じ形をした扉がある。鍵を手に、リリスを先頭にして俺たちは扉へと歩み寄る。

「開けるのじゃ！」

「ああ」

リリスが鍵を使い、扉を開ける。中はこぢんまりとした部屋だった。目立つような作りもなくて、唯一置かれていたのは、話にあった台座だ。

大事そうに部屋の中心に、石の柱の上に丸い台座が置かれている。

「これがそうなのか？　思ったより小さいのじゃ」

「卵の大きさ的にもピッタリだろ。持ち帰ってロードを孵化させよう」

「うむ！　楽しみじゃな！　ロードにも成長したワシを見てもらうチャンスなのじゃ！」

「まだまだ足りないって思われるかもしれないぞ？　強さが主従の基準なら、俺のほうが懐かれるかもな」

勇者の時点で懐かれることはないだろうけど、リリスの向上心に発破をかけることはできるだろう。

「むぅ……そうなったら泣いてしまうぞ」

「泣くなよ、情けないいな」

「アレンが意地悪言うからじゃ！」

「まったく」

気軽に勇者に泣かされる魔王なんて情けなさすぎる。大魔王が見ていたら嘆くぞ。キスキルなら説教するかもしれないいな。

「とにかく持って帰るぞ」

「うむ！」

「懐かれたいならちゃんと世話をしろよ」

「もちろんなのじゃ！」

「ちゃんと毎日だぞ？　一日も欠かさず世話しないとな。餌あげたり、トイレを換えたり、部屋の掃除をしたりとか」

俺も経験があるわけじゃないが、ペットも人間も子供の世話は大変だと聞く。ドラゴンロードの子供ともなれば、もっと大変かもしれない。

リリスは想像して大変さを理解したのか、ちょっぴり情けない顔をする。

「こ、交代制というのはどうじゃ？」

「……」

「や、やっぱりここは公平に、皆でお世話をするほうがよいと思うのじゃ。うむ、決定！」

「全くお前は……」

そうなると思ったよ。

**以下を雇用条件⑩に追加する。**

**※ペットの世話は交代制とし、順番は各人の合意の下で決定する。**

# 第五章　憤怒の魔王

ルシファーの城へ着いてから七日間。城で一泊してダンジョンに寄り道もしているから、実に十日以上かけての長旅になった。

長寿の悪魔にとっては短い時間でも、これだけ濃密な時間を過ごせば長く感じるだろう。それと同時に、彼女は実感しているはずだ。

「アレン！　ワシは強くなったか？」

「その質問何回目だ？　強くなってるよ。ちゃんとな」

「そうか！　ワシは強くなったのじゃ！」

リリスはダンジョンを出てから何度も同じ質問をしてくる。それだけリリス自身が強く感じているのだろう。自身の成長を。

喜ばしいことだ。自分自身が成長を感じられるということは、今までの自分を越えたという証明なのだから。

俺も彼女の成長は感じている。実に有意義な旅だった。確かな実感を胸に、懐かしさを感じる景色が見えてきて、心がホッとする。

「もうすぐ到着じゃな！」

「テンション高いな。ルシファーの城を出てからずっとだ」

「お母様といっぱい話せたからのう。おかげで胸のつっかえが取れてスッキリしておる！　アレンのおかげじゃ」

「俺はちょっと手助けをしただけだよ」

「それが必要じゃった」

　リリスは立ち止まり、自分の胸に両手を当ててそっと目を閉じる。

　突然止まるから通り過ぎてしまって、俺は振り返る。

「あの時、アレンがワシに言ってくれたんじゃ。確かめに行こうって」

「そうだったな」

「あの一言がなければ、ワシは今も悶々と悩んでおったはずじゃ。一人じゃ……怖くて会いにいくことすらできなかった。アレンがいてくれたから……話ができたんじゃ。サラものう」

「私は本当に見ていただけですよ」

「サラも言ってくれたじゃろ？　確かめないとわからぬと。嬉しかったのじゃ」

　リリスは満面の笑みでそう言った。なんだか不思議な感覚だ。胸にジーンとくるものがある。

　俺は、感動しているのか？

「改めて、これからもよろしくなのじゃ！」

「……ああ」

「こちらこそ」

感動している自分に戸惑いながらも、彼女の言葉が嬉しいと思った。

人ではない、悪魔も成長する。自分の子供ではなくとも、自分たちの前で成長が実感できるのは嬉しいことらしい。

この感動は、リリスがまた一つ成長した証だった。俺たちは再び歩き出す。

魔王城はもう、すぐ目の前だ。

「明日から特訓も頑張るのじゃ！」

「今日からじゃないのか？」

「きょ、今日はもう遅いじゃろ？　明日から本気出す！」

「……そこは相変わらずだな」

甘いところもまだ残っている。

今ではその甘さも、リリスの愛嬌に思えてきたから困りものだ。

まぁ、時間的にもう遅いのは確かだし、特訓は明日からでもいいだろう。なんて、俺にも甘さが移ったか？

そんな微笑ましい雰囲気のまま、懐かしの我が城へたどり着く。

瞬間、気づいた。

俺だけではなく全員が、眉間にしわを寄せる。

「どういうことじゃ……」

「アレン様」

「ああ……留守が長すぎたか」

魔王城の中に複数の気配がある。俺たちが外にいる以上、部外者であることは確定している。外観は保たれ、荒らされた形跡はない。まだ侵入されて間もないのか。どちらにしろ、俺たちがとるべき行動は一つしかない。

「行くぞ。侵入者には退場してもらおう」

「はい」

「うむ！　ここはワシらの城じゃ！」

玉座の間に複数の影。本来、この城にはいるはずのない悪魔たちの姿がある。

数は二体、どちらも上位悪魔の個体だ。見たところ、室内を荒らしている様子はなく、退屈そうに何かを待っていた。

「なぁおい、いつになったら来るんだよ」

「文句を言うな。これも任務だ」

「チッ、面倒な仕事押し付けやがってよぉ～　用があるってんなら自分で行きゃーいいじゃねーか」

「馬鹿なことを口にするな。魔王様の耳に入れば消されるぞ」

「はっ、聞こえるわきゃーねーだろ？　こんな辺境の何もない空っぽの魔王城まで」

「空っぽで悪かったのう」

二体とも油断しきっていた。俺たちの存在に気づかず、接近を許した時点で勝負は決まった。

大人バージョンになったリリスが魔剣を突き付け、俺が聖剣を突き付ける。背後から、逃げられないように。

「なっ……」

「き、貴様らは！」

見たことのない悪魔たちだった。

「勝手にワシの魔王城に踏み入りよって。ぬしら、ただで帰れると思うでないぞ」

「さっき魔王と言っていたな？　一体誰の差し金だ？」

俺たちは問いただす。遅れてサラが玉座の間に入ってくる。

「どうだった？」

「中は特に荒らされておりませんでした。他の侵入者もおりません」

「ありがとう。で、質問の答えは？」

俺は切っ先を向けた短気そうな片方とは違って、こっちの悪魔は冷静だ。少しは話もできるだろうと予測する。

そう踏んで俺は質問した。もう一体はリリスに命を握られ、悔しそうに歯ぎしりしている。

「あなた方が……魔王リリスと勇者アレンですね？」

「そうじゃ」

「わかった上で城に侵入したんじゃないのか？」

「もちろんです。我々は、あなた方を招待するために参りました」

「招待だと？」

最近よく聞くセリフが聞こえた。今のところ、二体の悪魔から敵意は感じられない。

この様子は、争うために来たわけじゃなさそうだ。戦うために来たのなら数が少なすぎる。

「一体誰からの招待だ？」

「我らが魔王アンドラス様です」

「アンドラスだと？」

その名は聞くに新しい。大罪の一柱、『憤怒（ふんぬ）』の魔王アンドラス。大罪会議にも出席していた七体の魔王の一人。

そして……。

ルシファーが助言した……俺たちが最初に狙うべき魔王。

「大罪の魔王が、俺たちを城へ招いてどうする？」

「お話がしたいと、王はおっしゃっておりました。我々に敵対する意志はありません」

「……」

「アレン……」

リリスが俺に視線を送る。

わかっている。ペンダントの効果時間が終わろうとしている。この状況も長くは続かない。

リリスが子供に戻っても、俺がいれば負けることはないが、戦闘になれば彼らが何を企んでいるのか知る機会もなくなる。現時点で手に入っている情報を集め、結論を出す。

ここで出すべき結論は……一つだ。

「わかった。話を聞こう」

俺は聖剣を下ろす。リリスにも視線を送り、彼女は魔剣を下ろした。

ペンダントの効果も終了する。拘束されていた悪魔が驚く。

「子供になった？」

「これが本来のワシじゃ」

「よくわかんねーが、アルマ」

「ええ、招待を受けて頂ける、ということでよろしいでしょうか？」

アルマと呼ばれた悪魔は、再度俺に尋ねてくる。俺はリリスとサラに一度ずつ視線を送り、アルマに答える。

「受けてはやる。ただし、こっちの安全が保証されるのであれば、だ」

「もちろんです。我々は一切、あなた方に危害を加えることはございません。我が王は、あなた方との友好を望んでおられます」

「友好じゃと？　手を組みたいと言うのか？」

「その辺りはうちの魔王様と直接話してくれや。詳しいことはオレらも知らねーんだよ」

気性の荒いもう一人の悪魔はふてくされたように言う。

魔王の指示に納得してない雰囲気が伝わる。

「ディケル、余計な言葉は慎め」

「わかってるよ。オレらの任務は、お前らを王城まで連れていくことだ。招待される気があるならとっとと行くぞ」

「もう出発する気か？」

「はい。僭越ながら、我が王はすでに待っておられます」

アルマの話によれば、俺たちが城を出発した二日後に訪ねてきたそうだ。

ディケルも、見かけによらず真面目なのだろう。

まだ信用はできないが、九日間城の中を荒らすこともなく待っていたという事実に、多少の期待はしてもいいかもしれない。

「俺は構わない。リリスとサラは？」

「ワシも、アレンがいいなら構わんのじゃ」

「私もアレン様に従います」

二人の意見も俺に委ねられる。

「わかった。じゃあ、今から案内してもらおうか」

「承知いたしました」

正直、少し疲れている。戻ってきて早々、また出発になるとは思わなかったよ。大罪会議に参加して以降、急に慌ただしくなった。もっとも、今のところ平和だが。

「ドラゴンロードの孵化は後回しになりそうだな」

「仕方ないのじゃ。こんな状況で生まれても……ロードも迷惑じゃろ」

「そうだな」

楽しみは今ある問題を解決してからに取っておこう。そのほうが、新たに生まれてくる命のために時間を使えるだろうから。

『憤怒』の魔王アンドラス。大魔王サタンの消失後、大罪の異能を受け継いだ魔王の一人。ではなく、その魔王を討伐し、新たに大罪の一人となった魔王だった。
大罪の異能は、持ち主を殺すことで奪うことができる。
アンドラスは前任者を討伐し、力と権力を奪い取った。彼が治める魔王城と街は、かつて別の魔王が統治していたものである。

「ようこそお越しくださいました。歓迎しますよ、魔王リリスと、勇者アレン、それに従者のサラ」

俺たちは城へと案内され、すぐに魔王と謁見する機会を得た。

会議で見たから顔は知っている。細身で知的な雰囲気を醸し出す若い魔王だ。姿は人間によく似ていて、モノクルを着けているのも特徴的だろう。

彼はにこやかに歓迎してくれた。

「お前が、憤怒の魔王なのか？」

「はい。私がアンドラスで間違いありません。一度、会議でお会いしているはずです」

「わかっている。だが……」

俺はアンドラスをじっと見つめる。ニコニコして穏やかで、気の弱そうな雰囲気を醸し出す。とてもじゃないが……憤怒の魔王には見えない。

「憤怒って言葉が、これほど似合わない奴も珍しいな」

「ははは っ、よく言われますよ。その称号に、私は相応しくないとね」

彼は笑いながら話す。

多少、煽りの意味も含んで言ったのだが、彼は動じない。

「ですが私は『憤怒』の魔王です。人間も悪魔も、誰しも胸の奥に怒りを宿しているもの。ならば、誰しもその資格を持っている。大罪とはすなわち、生物が必ず持っている欲なのですから」

高らかに語るアンドラスから、怒りは一切感じない。こうも言葉と見た目に説得力のない話は久しぶりに聞いたぞ。

ここに来るまで相当な緊張と覚悟をしていた。招かれ、すぐ戦闘になることも考えた。全て杞憂(きゆう)だったんじゃないか思えるほど拍子抜けだ。

「それで、話とはなんじゃ？　なぜワシらを呼んだのじゃ？」

「よくぞ聞いてくれました。長い話は嫌いですので、単刀直入に申し上げます。魔王リリス、私はあなた方の理想に協力したいと考えております」

アンドラスの願いを耳にする。リリスは驚き目を丸くする。

「……なんじゃと？」

「おや？　わかりませんでしたか？　直接的な言葉を選んだつもりなのですが……」

「本気で言っているのか？」

驚いているリリスの代わりに、俺が真意を問いただす。

アンドラスは涼しい顔で答える。

「ええ、もちろんです」

「……」

　審判の加護は無反応。つまり、嘘はついていないということ……。

　だがなんだ？

　この妙に胸にくすぶる感覚は……。

「勇者アレン、あなたは他者の嘘を見抜く加護をお持ちのはずです。ならば、私が本気でそう思っていることがおわかりでしょう？」

「どうなんじゃ？　アレン」

「……確かに、加護は反応していない。本気で、俺たちに協力したいらしいな」

「わかっていただけて嬉しいですよ」

　確かに嘘はない。でもなぜか、俺の本能が告げている。

　信用してもいいのか、と。

「どういうつもりだ？　何を考えている？」

「何もよこしまな考えなどはありませんよ。ただ私は、あなた方の示した理想に共感したのです。全種族の共存……夢のような理想です。ですが達成できれば、世界は大きく変わるでしょう。私はそれを見てみたいのです」

「おお！　わかってくれるんじゃな！」

「はい、実に素晴らしい理想ですよ」

「アレン、こやつ話がわかるぞ！」

リリスは嬉しそうに俺を見てくる。父親の考えが伝わり、理解者を見つけたことが嬉しいのだろう。

俺も一緒に喜んであげたい。が、俺の心はまだ奴を訝しんでいた。

「アレン？」

「魔王アンドラス、お前はどう俺たちに協力するつもりだ？」

「必要なものは支援いたしましょう。あなた方の敵を共に倒し、理想のための一歩を踏み出す協力をいたします」

「それは、同盟を結ぶってことであっているか？」

「はい。形は同盟で問題ありません」

俺たちは視線を合わせ続ける。

依然として審判の加護は無反応。アンドラスは涼しい顔をしている。彼の発言、全てに嘘はないと加護は告げていた。

自分の加護をこれほど疑ったのは、人生で初めてかもしれない。

「……リリス、少し考えよう」

「どうしてじゃ？　ぬしも言っておったではないか。あやつの言葉に嘘はないのじゃろう？」

「ああ、だが……悪い。時間がほしいんだ」

この漠然とした不安を言葉にするには、どうしても時間がいる。

「わかった。ぬしがそういうなら、アンドラス！　結論は保留じゃ」

「構いません。よい返答を頂けるのであれば、私はいつまでも待ちましょう」

「すまんのう。ではワシらはこれで」

「せっかくはるばる来ていただいたのです。本日はぜひ我が城で泊まっていってください。同盟に前向きになってくれるよう、精一杯のもてなしをさせていただきますよ」

「……」

「いけませんか？　魔王ルシファーの城より、ここは居心地がいいですよ？」

こいつ……俺たちがどこにいたのか知っているのか。

ますます疑念が頭をよぎる。

「わかった」

警戒は常にしておこう。もし、この一夜で何もなければ信用していいかもしれない。

逆に何か起これば……その時こそ、開戦の合図だ。

食事、入浴、そして就寝。全てが順調で、危害を加えられる様子はなかった。
俺たちは同じ部屋に集まる。一人一部屋与えられてはいるものの、安全を確保するため今夜

は一つの部屋で眠ることにした。

「今のところ何も来ませんね」

「ああ」

「親切にしてくれておるのう。信用してもよいのではないのか？」

「……どうだろうな」

食事に毒が盛られていることもなかった。毒味を先にして、安全なことを確認してから二人も食事に手を付けている。

入浴中が一番無防備になるが、そこも問題なかった。

さすがに一緒には入れないが、異変があればすぐに駆け付けられる準備をして、何事もなく再集合している。

寝室にと用意された部屋も、今のところ罠のような仕掛けはない。

「順調……ああ、順調だな」

自分でも納得しかけそうになる。魔王アンドラスは友好的だと、すでにリリスは感じているような気がする。

サラはどうだろうか。

「どう思う？」

「魔王アンドラスですか？」

くれると。
サラはそう言ってくれた。俺の直感を信じる。加護ではなく、俺が抱いている疑念を信じて
「私の意見でよろしいのであれば……そうですね。私は、アレン様の直感を信じます」
「ああ、信用していいと思うか？」

その言葉に少し心が軽くなる。

「何をそこまで訝しんでおるのじゃ？　ワシにはいい奴に見えたんじゃが」

「ああ、俺にも見えたよ」

「じゃあどうしてじゃ？」

「……なんとなく、としか言えないんだよ。雰囲気もいい奴で、加護も嘘は言っていない。けど俺の心が、本能が警告しているんだ。こいつを信じるなって」

ゆっくり考えても上手く言語化できそうにない。

この漠然とした不安はなんだ？


――お前たちが最初に狙うべき大罪は……憤怒だ。


ルシファーの助言がひっかかる。あれは協力者になり得ると言いたかったのか？

違う。あの言い方はどちらかと言えば……。

「のう、それにしてもこの部屋、暑くないか？」

「そうですね。少し体が熱くなってきました」

「ん？　俺は別になんとも……」

二人の肌から大量の汗が流れている。

真夏の炎天下に晒された時のように垂れ流す。でも俺は平然としていた。勇者だから暑さにも強い、というだけでは説明できない。

耐えられるだけで熱さは肌で感じる。この部屋は別段、気温が高いというわけじゃない。にも拘わらず二人の汗の量は……。

「なんじゃ、ぼーっとしてきたのじゃ」

「アレン様、身体が少々疼いて……」

「リリス、サラ」

異常だ。普通の現象じゃない。ふらつく二人に手をかけ、倒れないように抱き寄せる。するとほのかに、甘い香りが漂う。

「アレン……ワシ、なんだか変な気分じゃ」

「アレン様」

二人が急に迫ってくる。

身体を擦り付けるように、うっとりした表情で。

頬も赤い。熱のせいだけじゃない。

「これは……催眠か」

匂いによる催眠効果。シクスズが使っていた聖剣ラバーズと類似した力か。

一体いつの間に使った？

俺に無反応なのは、女性にしか通じないからか？

どちらにしろ攻撃を受けている。二人を連れてすぐさま脱出を——

「いけませんよ」

直後、声が響くと同時に部屋が結界で閉ざされた。窓から逃げようとした俺たちを、紫色の壁が阻む。

「やれやれ……やはりあなたは気づきましたか。侮れませんね、勇者アレン」

「アンドラス……」

振り返った先に魔王がいた。

涼しい顔は変わらず、堂々と俺の前に現れた。

「この部屋には特殊な鉱物を使用しているんです。そこから漂う僅かな香りは、女性を惑わせる効果があります」

「鉱物だと？　そんなの聞いたことないな」

「当然でしょうね、私が作り出した新しい物質です」

「物質の生成……お前、錬金術師か」

物質同士を合成させ、世界に存在しない新しい物質をも生み出す魔法の一種。アンドラスは錬金術の使い手、この部屋も奴が作りだした物質でできている。

基本は自然物を元にしている。

自然物だから、俺やリリスたちも感じられなかったのか。

「最初から、俺たちを一網打尽にするつもりだったのか」

「まさか、それならまっすぐ堂々と攻め込んでいましたよ。あなたはともかく、他の二人は数で圧倒すれば簡単に落とせます。こんな回りくどい方法を取ることにしたのは、あなたが私を信じなかったからです」

「信じていたら、どうしてたんだ?」

「もちろん協力していましたよ」

アンドラスはニコやかにそう口にした。

加護に反応はない。が、今ならハッキリと言える。

「嘘だな」

「なぜ? 加護は反応していないでしょう?」

「ああ……だから直感だよ。お前は嘘ばかりついている。加護すら騙すほど巧妙な嘘をつける……いや、それが『憤怒』の権能か?」

アンドラスはニヤリと笑う。

「残念ですが違います。これも私の力……錬金術の副産物です」

「副産物……」

よく見ると、彼は全身に複数の貴金属を身に着けている。錬金術は素材を融合させ、まったく新しい物質へと変換する力だ。

おそらくあの中に俺が知らない物質があって、その力が審判の加護を阻害している？

錬金術で加護を妨げられるなんて聞いたことがないし、初体験だが……大罪の魔王が相手なら、予想を超えてくることもあるか。

「ええ。しかし困った人ですね。加護さえかいくぐれば簡単だと思っていましたが、こうも疑り深い人物だったとは、想定外です」

「悪かったな。俺も、散々裏切られた後なんだ」

勇者時代の裏切りの経験が、俺を疑り深くしたのならあまりいい気分じゃないな。でも、今は感謝しておこう。

おかげで最悪の事態にはならなかった。

「洗脳じゃなくて惑わせてるだけなら、この部屋を出れば解決するな」

「ええ、もちろんですよ。ですが、できると思っているのですか？　お二人がそんな状況で」

リリスとサラが俺の身体（からだ）に絡みついている。時間の経過によって、二人ともうっとりと顔を赤らめ理性を保てていない。

毒や劇薬なら耐性があっただろうが、未知の物質となれば話は変わってくる。初めての効果ゆえに、効き目も強く速い。

「大人しく殺されてください。心配しなくとも、そのお二人は丁重に私が管理いたします。どちらも貴重な力ですので」

「悪いがそれはできない。お前は、俺を侮り過ぎだぞ」

もう勝ったつもりらしいが、考えが甘い。俺は勇者として、この程度の修羅場は何度も潜ってきている。これまでの絶望に比べたら、これくらいなんてことはない。

頭もひどく冷静だ。落ち着いて、対処する。

まずは――

「アテナ、サラに融合しろ」

聖剣アテナを取り出し、サラに与える。肉体と融合することで、一時的にあらゆる耐性を手に入れる。

未知の物質の特性であっても、聖剣は万能に作用する。

「……は、私は何を……」

「説明は後だ。リリスを俺から剝がして押さえておいてくれ」

「かしこまりました」

「アレン……」

「離れてください、リリス様」

子供の状態じゃ、リリスでは力に抗えない。

これで動けるようになった。

「さすがですね。では私も本気で――」

「遅いよ」

「なっ――」

アンドラスの身体が純白の鎖で拘束される。

魔王城の床や天井から根を生やすように、複数の鎖が生成されている。

「これは……」

「封縛の聖剣グレイプニル。あらゆる対象を封印する」

「封印の力？　いつの間に」

「悠長にしゃべっている時間が仇となったな。お前を攻撃するタイミングならいくらでもあったんだ。詰めが甘いんだよ」

アンドラスの表情が初めて変わる。穏やかだった笑みが消え、俺を静かに睨む。

「同盟の話はなしだ。俺たちは逆を望む」

「……戦う気ですか？　私たちと」

「そっちもそのつもりだろ？」

もはや止められない。開戦の狼煙はすでに上がっている。

「サラ、俺に摑まれ」

「はい」

サラが俺の身体に摑まり、リリスを脇に抱える。

「逃げる気ですか？」

「このまま倒してもいいが、それじゃ意味がない。お前を倒すのは、リリスだ」

「……その子供に私が倒されると？　甘く見られたものですね」

アンドラスが苛立ちを見せる。ようやく少しだけ、二つ名らしい表情が見られた。

対して俺は笑みを浮かべる。

「封印中は俺も手出しはできない。その封印が解かれた時……お前を倒すのはリリスだ」

俺が必ずそうさせる。次に会う時、どちらかが世界から消えるだろう。

俺は原初の聖剣を取り出し、結界に穴を空ける。

「次に会う時は、戦争だ」

そう言い残し、俺たちは去る。

逃げ道はない。実は間違いだったなどと、撤回もできない。俺たちは完全に敵対した。

『憤怒』の魔王アンドラス。

数日後、リリスがその称号を奪うだろう。

# 第六章　簒奪の決戦

勇者アレンと魔王リリス。彼らが魔王城から脱出し、部屋に一人残された魔王アンドラス。純白の鎖に繋(つな)がれた彼は、その場から動けない。

聖剣グレイプニルの封印は限定的である。期間を短く、範囲を狭く、制約を緩く設定することで効果を向上させることができる。

アンドラスは数日間、魔王城から出ることができない。という封印を受けた。故に時間が経過すれば、純白の鎖は透明化し、城内であれば動けるようになる。

その間、封印を施(ほどこ)した本人でも手出しはできない。逆に言えば、封印中の数日間は誰にも殺されることがない。

「……」

ぱちんと指を鳴らし、部屋に展開した結界を消す。その直後、部屋に部下の悪魔たちが入ってくる。

「ご無事ですか魔王様！」

「こいつはぁ……」

リリスの魔王城に現れた二人の悪魔である。破壊された部屋の壁を見て、戦闘の気配を感じ取る。

アルマが尋ねる。

「追いますか？」

「……」

「魔王様？」

「――少し、黙りなさい」

一瞬、寒気を感じた。二人の悪魔は同時に、心臓を摑まれるような感覚に襲われる。

アンドラスから漏れ出た怒りの波動が、彼らを震撼させた。

「まさか……逃げられるとは思いませんでしたね」

予想外。否、予想以上であった。

勇者アレンの力は、大罪の魔王にも匹敵する。それを実感したが故に、追跡を避けた。仮に今、自由の身だったとしても、彼は動かなかっただろう。

このまま戦っても勝利は不確かである。

「やはりほしいですね。大魔王の血……」

勇者アレンを確実に殺すため、彼はリリスを狙っていた。

大魔王の血族にして、その力の一端を受け継ぐ悪魔。潜在能力は間違いなく、大罪の魔王に匹敵すると彼は予想していた。

リリスを手に入れ使役すれば、勇者アレンに対して有利に立ち回れる。故に、彼は逃げない。

「次に会える日が楽しみです」

そのチャンスを、敵自らが与えてくれるという。

逃すはずがなかった。

サラとリリスを抱え空中を駆ける。即座に魔王城を離脱した後、そのままの速度を保ってアンドラスの領土を抜ける。魔王アンドラスは魔王城に縛ってある。限定的だが、聖剣グレイプニルの封印は簡単には破れない。少なくとも数日は、彼が追ってくることはないだろう。

配下の悪魔も、今のところ追ってくる気配はない。

「う……あれ、なんでワシ、空におるんじゃ？」

リリスが目覚める。

奴の部屋から脱出したことで、女性を惑わす効果から解放されたようだ。

「アレン？　どうなっておるのじゃ？」

「説明は帰ってからだ。先に言っておくが覚悟しておけ。今日から五日間……片時も休めると思うなよ」

「え、よ、よくわからんが……わかったのじゃ」

いつもなら嫌そうな顔をするリリスだけど、この時は違った。

俺から切迫した雰囲気が伝わったのだろう。

「サラにも動いてもらうぞ」

「なんなりとご命令ください。私はアレン様について行きます」

「ありがとう」

おそらくこれが最大の試練。大罪の魔王の一柱と敵対した今、他の魔王たちも確実に動き出すだろう。

仮に彼らが協力して俺たちを潰そうとすれば、今の俺たちじゃ全滅だ。リリスがアンドラスを倒し、大罪の権能を手に入れる。そうすることで、他の魔王と渡り合える力をつけさせる。

俺たちの夢は、俺だけが強くても叶えられないんだ。

ここが目的を達するための、初めての分水嶺になるだろう。

魔王城に無事帰還した俺たちは、そうそうに二人に事情を説明した。

途中から目覚めていたサラは大体把握している。惑わされ続けていたリリスは、部屋にいた頃の記憶が曖昧だった。

「——すまなかったのじゃ！　ワシが変な攻撃にやられてしまったばかりに」

「謝るな。気づけなかった俺も間抜けだ。いや……今回はアンドラスが一枚上手だった。それだけのことだ」

「う、うむ……」

落ち込むリリスに俺は言う。

「アンドラスに施した封印は長くは持たない。奴が自由になれば間違いなく、最大戦力を持って俺たちの城に攻めこんでくる。そうなれば最悪、城を奪われる可能性もある」

「こ、この城は誰にも渡さんのじゃ！　まだ……お母様も来てくれてはおらん」

「わかってる。俺もいる。ただで渡すつもりはないが、防衛戦が不利なのは事実だ。こっちは人数も少ないからな」

「三人じゃからのう……」

「いや、数ならもう少し増やせる。そこはサラ、お前に任せる。今回は特に大事だからな。直接事情を伝えてほしい」

俺はサラに視線を送る。目と目が合い、何かを察したのか彼女は頷く。

「かしこまりました。すぐに出発いたします」

俺が用件を伝える前に、何を求めているのか理解してくれたらしい。さすが、俺の一番の理解者だ。

「アテナはそのまま持っていてくれ。大丈夫だと思うが、戦闘はなるべく避けろ」

「承知いたしました。では……」

「ああ、頼んだ。無事に帰ってきてくれ」

「かしこまりました」

サラは深々とお辞儀をして、俺たちに背を向けて駆け出す。

「サラはどこに行ったのじゃ？」

「戦力集めだよ。彼女に任せておけば問題ない。俺たちは特訓に集中するぞ」

「う、うむ！　頑張るのじゃ」

「よし、じゃあさっそく戦闘訓練をする。俺と全力で戦うんだ。ただし、使っていいのは魔剣の力だけだ」

俺は原初の聖剣を生成し、右手に握る。

「魔剣だけ？　魔法はなしか？」

「時間が限られているからな。しまりなく修行しても中途半端な強さしか得られない。魔剣の力を最大限発揮できるようになれ。時間がない。さっさと始めるぞ」

「わ、わかったのじゃ！」

彼女はペンダントの力を発動させる。

大人バージョンになると同時に、魔剣を抜く。

彼女の持つ魔剣、大魔王から継承した終焉の魔剣は、俺の聖剣と同じく彼女の魂に宿っている。その強度や性能は、彼女自身の能力に大きく左右される。

ここで示す能力は、現時点での強さの限界ではなく、彼女のうちに秘められた潜在能力も含まれる。

魔剣の力を十二分に発揮できるようになれば、彼女の潜在能力を引き出し、魔王アンドラスにも対抗できるはずだ。

そのために——

「構えろ、リリス」

「——！」

とことん追い込む。強者と戦う恐怖を知り、それに打ち勝つ強さを身に付けるまで。

俺の最強を彼女に叩き込むんだ。

一時間後——

五分間の戦闘訓練は続いていた。これで五戦目だ。

「ぐあっ……」

「倒れるな！　最低でも五分間、俺と向かい合えるようになれ」

「う、うむ……」

ボロボロになりながら、リリスは魔剣を地面に突き刺し倒れるのを防ぐ。五分間で一セット、戦闘継続を目標に訓練しているが、今のところ三分が限界だった。

俺の猛攻に押されて、防戦一方になり体力が削られる。加えて連戦に続く連戦で、身体的にも追い込まれている状況だ。

今までの訓練も厳しくしていたが、今回ほどハードに追い込んではいない。

少々やり過ぎを自覚しながらも、手を緩めることはできなかった。

「続けるぞ。気を抜けば死ぬからな」

リリスに向けて殺気を放つ。こうしている間にも時間は過ぎていく。

魔王城への移動にかかる時間や、体力を回復させる時間を考慮すれば、特訓に使えるのは四日間が限度だろう。

ハッキリ言ってギリギリだ。今のリリスがアンドラスに勝てる確率は……一割もない。

この四日間でどこまで追いつけるか。

十セット目が終わる。力が抜けて倒れ込むリリスを、俺は咄嗟に受け止めた。

五分ぴったりでペンダントの効果も切れる。どうやら彼女のコンディションによっても、大人でいられる時間は前後するらしい。

「はぁ……はぁ……」

「休憩だ。十分後にまた始めるぞ」

「うむ」

起き上がろうとするリリスだったが、疲れで上手く力が入らないようだ。

俺はそのまま彼女を抱きかかえながら支える。

「無理するな。このまま休めばいい」

「え、でも……重いであろう？」

「舐めるな。お前ひとりくらい軽いもんだ」

「そうか。じゃ……このまま休ませてもらうのじゃ」

リリスは俺の腕の中で目を瞑る。安心しきった表情で、全身の力をだらーんと抜いた。

僅かに重みが増す。それでも軽い。子供の重さなんてこの程度……そう、彼女はまだ子供なんだ。

人間と比較すれば長い年月を生きている。ペンダントの効果で、一時的に成長した姿に変身することもできる。

大魔王の血族で、秘めたる潜在能力を有している。

だけど彼女は子供だ。

人間であれ悪魔であれ、子供は本来守られるべき存在だ。両親に、兄弟に、大人に守られるべきだ。子供は弱く小さい。その背中に、重くて大きい使命を背負わせること自体が間違っている。たとえそれを、本人が強く望んだとしても。

リリスは父親が成し得なかった夢を、自分の手で叶えるために生きてきた。

今だって、俺の特訓に文句ひとつ言わない。

一番苦しい時に、涙も流さず我慢して耐え抜いてきた。

「……アレン？」

「よく頑張ってるな、リリス」

俺の手は無意識に、彼女の頭を撫でてあげていた。

驚いたリリスは目を開けて俺を見る。

「お父様？」

「え？」

「なんだか、今のアレン……お父様に見えたんじゃ」

「俺が大魔王に？」

キスキルにも似たようなことを言われたっけ？

俺の眼が、若い頃の大魔王に似ていると。

「変じゃな。顔も年も全然違うのに……安心するのじゃ」

「ならよかった」

勇者が大魔王に似ている。

何も知らない人間が聞けば、さぞ不名誉だと嘆くだろう。だが、俺はそうは思わない。

むしろ、それでよかったと思えるくらいだ。

ほんの少しでもいい。リリスが感じている孤独や不安を、拭(ぬぐ)い去ることができるのなら……。

「……リリス。アンドラスとの戦闘、必ず五分以内で決着をつけろ」

「それを超えたらどうするんじゃ？」

「全力で離脱しろ。俺たちとの合流が難しければ、一人でこの城まで退却するんだ。戦況が優勢であれ劣勢であれ、迷わず引け」

「……逃げてよいのか？」

リリスは不安そうな表情で俺を見上げる。

敵前逃亡は情けない行為だ。人間界でも、勇者が魔王に背を向けて逃げるなんてありえない。恥だと罵(ののし)られるだろう。だけど俺は、逃げることが悪いとは思っていない。特に今回のような、守るための戦いではなく、攻める戦いならば。

「いいかリリス？　この特訓も、ハッキリ言って付け焼刃だ。魔王としての地力じゃ、お前はアンドラスには敵(かな)わない」

「……そうじゃのう。ワシは未熟じゃ」

「ああ、だが未熟でも勝てる可能性がある。お前が持つ魔剣には、地力の不利を覆(くつがえ)すだけの力があるんだよ」

終焉の魔剣。大魔王が使っていた一振りは、この世の魔剣で最強の力を秘めている。

使用者が未熟であれ、その力は絶大だ。弱小悪魔でしかなかったリーベを、魔王と呼べるまで押し上げたように。

「アンドラスでも、魔剣の一撃を受ければ致命傷になる。中途半端に未熟な魔法に頼るより、魔剣の力を信じて戦え」

「うむ」

彼女は自分の胸に手を当てる。その魂に宿った力を感じるように。

「さぁ、そろそろ休憩も終わりだ。動けるか？」

「もちろんじゃ！　アレンに優しくしてもらったから元気がでたぞ」

「それはよかった。今度から休憩中は甘くするよ。また頭を撫でてやる」

「本当か？　絶対じゃぞ！」

嬉しそうにはしゃぐリリスを見て、子供らしさを感じる。

この無邪気な笑顔を守りたい。そのためにも、今は心を鬼にしろ。

「始めるぞ、リリス」

「うむ！」

俺たちは向かい合う。聖剣と魔剣、相反する切っ先を向けながら。

「五分間の感覚は身体で覚えろ。経過したと思ったらその時点で戦闘は終了だ。仮にあと一撃で決着だとしても」

「一撃でも、か」

「ああ、相手は魔王だからな。こっちの予想を超えてくると思え。変身が解ければ確実に殺される。勝てなかったら生き残ることを優先しろ」

「わかったのじゃ」

厳しいことばかり言っている。

そう自覚しながらも、最後に無茶なオーダーを出す。

「この特訓中に、一度でいい。その魔剣を俺に届かせてみろ。俺はまだ傷一つ付いちゃいない」

「アレンが強すぎるからじゃ」

「ああ、俺は強い。だから断言してやれる」

「ん？」

俺は自分の胸に親指を突き立てる。

「最強の俺に攻撃が届くなら、お前の刃は魔王にも届く！　俺より強い奴なんて、この世界には存在しないからな」

「――――！　そうじゃな……アレンは最強の勇者じゃもん」

「そうだ。だから安心しろ。これからお前が戦うアンドラスという魔王も、俺よりは弱い」

「じゃの」

彼女は最強を知っている。その身で体感し続けている。ならばこれから戦うどんな相手も、今感じている恐怖には届かないだろう。

最強の強さを乗り越えることができれば、お前は何も怖くなくなる。

こうして激動の四日間が過ぎていく。

時間の経過はあっという間である。が、退屈な時間ほど長く感じてしまうものだ。

「……ようやくか」

アンドラスは感じる。自身を縛る忌々しい聖剣の封印が弱まることを。

五日間が経過しようとしていた。

未だ不完全ではあるが、もう少しで封印は解除され、魔王城から出ることができる。すでに魔王リリスと勇者アレンの本拠地、大魔王の城に攻めこむ準備はできている。

総勢二万を超える悪魔の軍勢を従え、彼は進軍するつもりでいた。

そこに知らせが入る。

「魔王様！　敵軍がこちらに進行しております」

「攻め込まれる前に攻めてきましたか。殊勝なことですが、浅はかですね……いえ、健気と言える」

アンドラスは落ち着いた表情で部下に命じる。

「全軍をもって迎え撃ちなさい。勇者がいるとはいえ所詮は少数、数の力で圧倒し、乱戦に持ち込み魔王リリスの身柄を拘束するのです。あのメイドもいい材料になる。それさえ終われば、勇者アレンも手出しはできないでしょう」

「い、いえそれが……」

「どうしたのですか？」

「……敵軍の総数……約八千です」

魔王アンドラスの城へ軍勢が侵攻する。

総勢約八千の大軍勢を従えるのは、魔王リリスでも勇者アレンでもない。

かつて魔王の名を冠しながら、一人の若造にその座を奪われ、長らく辛酸をなめてきた古き悪魔が帰ってきた。

再び、魔王の名を携えて。

「くっ、この儂を顎で使うとは……礼儀というものがなっとらん。これだから若造は……」

「ではお戻りになられますか？　魔王様」

「ふっ、誰に言っておる？　儂は魔王アガレス、その名に二度の後退はない！　儂が進むと決めたのならば止まるな！　此度の戦が終わるまで、決して振り返ることは許さんぞぉ！」

「もちろんですとも！　我らが王よ！」

雄叫びが上がる。若き王に乗っ取られ、不本意に従っていた悪魔たちの元に、懐かしき主君が帰還した。

これこそが真なる姿。魔王アガレスと、その部下たちは奮い立つ。

ようやく取り戻せたのだ。

魔王の名を。だが、足りない。未だ拭い去れない……その座を奪われていたという不名誉を拭い去る必要がある。

「ふっ、まさか儂が……勇者に感謝する日が来ようとはな」

大罪の一柱、『憤怒』の魔王アンドラス。その名を知らぬものなど現代の魔界には存在しない。

強大な力を有する魔王の一人。彼に正面から戦いを挑むことは無謀であると同時に、勇敢さを象徴する。

魔王アガレスは歓喜していた。自身に貼られた不名誉なレッテルを、この機会に剝がせることに。

「此度の戦いで、我が名を世界に轟かせてみせよう」

「アガレス？　魔剣の魔王に城を奪われていた哀れな魔王ではないですか。どうして今さらそんな悪魔が……なるほど、そういうことですか」

アンドラスは瞬時に状況を理解する。

終焉の魔剣は一時的に、若い悪魔の手に渡っていた。魔剣の魔王リーベ。彼は最近になって失脚したという情報が入ってきている。

「奪われた……いえ、取り返したのですね。リリスとアレンが」

ならば説明がつく。二人が魔剣を取り返すためにリーベを倒し、アガレスの王政が復刻した。

すでにアガレスは魔王リリスの支配下にある。

「滑稽な話ですね。どう転んでも、未熟な悪魔の元を去れないとは……」

アンドラスはアガレスを憐れんだ。支配者がすり替わっただけで、状況的にはさほど変わっていない。

現在の状況も同じく。

「構いません。全軍で迎え撃ちなさい。八千に増えたところで所詮は雑兵の集まりです。我らの敵ではありません。注意すべきは魔王リリスと勇者アレンの二名。その二人の動向だけ把握しなさい」

「それが……進軍中の一団に両名の姿が確認できておりません」

「いない？　アガレスの軍勢だけで攻めてきたと？」

アンドラスは思考する。アガレスの軍では数も兵力も劣っている。正面から衝突させたところで結果は見えている。

その程度のことは理解しているはずだ。

「彼らはどこに……」

その直後、轟音（ごうおん）が鳴り響く。

「――！　何事ですか？」

「敵襲！　敵襲！」

魔王城の中心から声が響く。窓の外を見れば煙が立ち上り、城の一部に大穴が開いていた。

ちょうどアンドラスの部屋から見える位置に。

「まさか……」

彼は目を凝らす。

土煙が舞う中から、三つの影が見え始める。

「覚悟はいいか？　二人とも」

「私の心は常にアレン様と共にあります」

「もちろんじゃ！　準備万端、今のワシに死角はないぞ！」

「勇者アレン……！」

アレンは視線をあげる。

両者睨み合い、アレンは笑みを浮かべた。

作戦はこうだ。まず、正面からアガレスとその部下の軍勢が突っ込む。

大抵の兵力はそちらに集中する。その隙に、俺たち三人は魔王城に乗り込む。

「内と外から挟み撃ちにするんじゃな」

「形的にはそうだが狙いは違う。俺たちの目的は、魔王アンドラスの討伐だ。奴らの軍勢を全て相手にする必要はない。だから、俺たちでアンドラス以外の敵軍を釘付けにする。その間にリリス、お前が単独でアンドラスと戦うんだ」

リリスとアンドラス、一対一の場面を無理やり作り出す。そのために大群を外へおびき寄せ、残った悪魔たちを俺とサラが足止めする。

リリスが全力で戦える時間は限られている。どちらにしろ、長期戦にはならない。

「儂(わし)らは決着がつくまで戦い続ければよいのか？」

「ああ」

この作戦は、俺たちだけじゃ成立しなかった。最低でも大群を相手にできるだけの数が必要になる。

そこでサラには援軍を頼みに行ってもらっていた。

相手は彼ら。魔剣の魔王リーベに従っていたアガレスと、その部下たちだ。

「——というわけだ。俺たちに協力してほしい」

「……はぁ」

アガレスは盛大にため息をこぼす。すでに作戦内容は伝えてある。それがかなり無茶な要望であることも。

「まったく、貴様らはどこまで無茶な要求をしておるか自覚しておるのか？」

「それなりにな」

「儂を顎で使いよって」

「す、すまないのじゃ。じゃが協力してほしい」

リリスは申し訳なさそうに懇願する。その姿勢を見て、アガレスはもう一度大きなため息をこぼす。

「まったく……困った時は助け合う。それがお前さんらの言う同盟だったか」

「うむ！　ワシらに力を貸してほしいのじゃ！」

「仕方あるまい。旧友の娘の願いだ。同盟を結んだ魔王として、そして友としてその願い、この魔王アガレスが聞き届けよう」

アガレスは堂々と宣言する。それを見たリリスは嬉しそうに明るく微笑んだ。

これまでに歩んできた道のりが、紡いできた縁が、こうして彼女に力を貸している。

「その代わり、一つだけ約束してもらうぞ」

「なんじゃ？」

「この戦い、何があっても勝利してみせよ。お前さんが真の大魔王になれる器じゃということを、儂らに見せてくれ」

「もちろんなのじゃ！」

リリスはその小さな胸をどんと叩く。

「ワシらは勝つために来たんじゃ！　負けることなど絶対にない！」

「言い切ったな。だが、そうでなくちゃ困る」

「アレンもおるしな！」

「俺を頼ろうとするなよ。そこは自分がいるから、って言えるようにならないとな」

まだまだ甘さは残っているけど、彼女は一人の魔王として着実に成長している。これから始まる戦いも、彼女が成長するための機会だ。

どうせなら存分に利用させてもらおう。

「作戦開始から五分経過したら撤退を始めてくれ」

「勝利してもか？」

「ああ、無駄な血を流す必要はない。お前たちに任せたいのは時間稼ぎだ。無理に突っ込みすぎず、離れすぎずに敵の注意を引き付けてくれ」

「難しい注文だな」

「できないのか？」

「ふんっ、誰に言っている？　当然やれるに決まっているだろう」

アガレスたちの協力を得られたことで、作戦内容が固まった。

僅(わず)か五分の電撃作戦だ。各々(おのおの)がしっかり役割を果たさなければ、作戦そのものが破綻する。

何より、敗北すればそれまでだ。

「成功の可否はリリス、お前の勝敗にかかっている」

「う、うむ、そうじゃの」

リリスは戦う前から緊張していた。プレッシャーを与えすぎるのは可哀想だが、今回ばかりは仕方がない。

実際、彼女に全てがかかっている。俺はリリスの頭をポンと叩く。

「大丈夫だ。今のお前なら勝てる」

「アレン……」

「最強が保証してやるんだ。自信をもって戦えばいい」

「……うむ！　頑張るのじゃ」


そして現在。俺たちは作戦を開始し、無事に魔王城の中心部へと侵入した。

周囲に悪魔たちが集まってくる。

「思った通り、城内の警備は手薄だな」

「そのようですね」

「アンドラスはあの部屋だ。近くに二体……アルマとディケルだな」

「いかがしますか？　アレン様」

魔王城にいた悪魔たちが集結している。上位悪魔は少数、ほとんどが下級の悪魔だ。

「サラ、少しだけここを任せる」

「かしこまりました。ご武運を」

「ああ、いくぞリリス」

「うむ！」

俺とリリスは上を目指す。魔王アンドラスがいる部屋を。

「い、行かせるな！」

「邪魔はいけませんよ」

「くっ、なんだこいつ……ただの人間が俺たちに勝てるわけ――グエア！」

一瞬にして接近した悪魔を切り捨てているサラ。

周囲が戦慄する。彼女はすでに、自らの大剣に聖剣アテナを融合させている。

「あなた方の相手は私です」

雑兵の相手をサラに任せた俺とリリスは駆ける。あの程度の敵であれば、サラ一人でも十分に立ち回れるだろう。

「行くぞ、初撃は俺がやる。始まれば最後だ」

「うむ！　絶対勝つのじゃ」

「信じてるぞ」

悪くない気分に浸りながら、俺たちは玉座の間にたどり着く。魔王アンドラスと、配下の悪魔二名を視界に捉えた。

「勇者アレン！」

「ここは通さねぇーぞ！」

「悪いが通るのは俺じゃない。道を開けろ」

俺が抜いたのは暴風の聖剣オーディン。吹き荒れる突風を操り、魔王アンドラスの元まで道を作り出す。アルマとディケルは風に阻まれ侵入できない。

「いけ！」

「正面から来ますか。浅はかですね」

「それはどうかな？」

リリスがペンダントの効果で変身し、アンドラスの元へ突っ込む。が、手前で急停止し、魔剣を抜く。狙いははなから攻撃じゃない。

戦うための場を作ること、誰にも邪魔されず、二人だけで戦える空間を。

「閉ざせ――黒牢！」

終焉の魔剣の能力を発動させ、漆黒の壁が二人を包んでいく。

「これは――」

「行ってくるのじゃ、アレン」

「ああ」

頑張れ。声を届かせる前に、漆黒の結界は閉ざされた。でも、大丈夫だ。

言葉にしなくても、俺のエールは届いている。彼女は必ず勝つ。

それまで――

「邪魔はしてくれるなよ」

「てめぇ……」

「やってくれましたね」

終焉の魔剣。その力によって生成された結界は、全ての衝撃を無効化する。時間制限という縛りにより、発動中はいかなる攻撃も受けない。

故に、脱出も侵入も不可能である。

「ここは……魔剣の空間ですね？」

「そうじゃ。ワシを倒さない限り、この結界からは出られんぞ」

「なるほど。実に簡単だ」

結界に閉じ込められたアンドラスだが、一切動じていない。この程度のことは想定内だと、表情が告げている。対するリリスも冷静だった。

「一対一なら私に勝てると思っているのですか？　だとしたら不愉快ですね」

「悪いのう。あまりおしゃべりをしている時間はないんじゃ」

彼女の体内は、感覚で時間を把握している。

すでに三十秒が経過していた。許された戦闘時間は五分、残り四分半。

「最初から本気じゃ」

全力で攻め続ける。リリスは魔剣の力を完全解放させる。刃からあふれ出るどす黒いオーラは、あらゆるものを呑み込み消滅させる。

魔力であって魔力ではない……終焉の魔剣が持つ能力。

「――黒劉」

リリスが魔剣を振ると、漆黒の斬撃が放たれる。アンドラスは防御態勢に入るが、直前で回避に切り替えた。

彼の判断は正しい。もし仮に、今の攻撃を防御していた場合、その時点で決着はついていた。

『黒劉』は全てを呑み込む破壊の力である。

成長したリリスが放つ一撃は、魔法による防壁では防ぐことはできない。

「厄介な力ですね」

「まだじゃ！」

リリスは続けて攻撃を仕掛ける。アレンとの訓練で身に付けた戦闘の感覚が告げている。

格上の相手に対して、攻撃させる隙を作ってはならない。考える時間を与えるな。繰り出される攻撃に対処させ続ければ、こちらに攻撃する余裕はなくなる。もちろん、相手は魔王アンドラスだ。

攻撃をかわしながら反撃する程度は可能だろう。だが、この地形では存分に力を発揮できない。アンドラスは懐から鉱物を取り出し、空中に投げ捨てる。

鉱物は複数の剣に変化し、射出されリリスを襲う。だがこれをリリスはなんなく防御する。黒剞は攻撃だけでなく、防御にも転用可能な力だった。リリスの周囲に黒剞が渦巻いている。隙をつくり、防御を剝がさなければ彼女に攻撃は当てられない。

「ちっ……」

アンドラスは優れた錬金術師である。彼の力をもってすれば、周囲の物質は全て武器となり得る。

自然を味方につけることができれば、常に相手に対して有利に立ち回れるだろう。

しかしここは結界の中、覆う壁は全て魔剣の力である。故に、錬金術で武器に変えることができない。この結界内に限り、彼は自身の特性をまったく活かすことができない。

「なるほど。これで私の能力を封じたわけですか」

「なんじゃ不満か?」

「ええ、不満ですよ。この程度で……オレを出し抜いたつもりでいんのがなあああああああ

ああああああああああああ」

突如、アンドラスは激高した。これまで見せたどの怒りよりも激しく大きい。

空気が振動する。アンドラスの細身な肉体が、徐々に大きく筋骨隆々に変化していった。

「これが憤怒の……」

『憤怒』の権能。

その効果は、蓄えた怒りを自身の力に変換する。権能発動後、アンドラスの体内では蓄積された怒りの魔力が循環し、その肉体は巨漢へと変貌した。

優男のような細い腕は、丸太のように太くなり、筋肉は血管が鮮明に浮かび上がる。

「覚悟しろよクソガキがぁ！　ぐちゃぐちゃにしてやるぞ」

「……」

リリスは直感する。

ここからが本当の戦いになることを。

大きく重い剣を振るう身体は可憐で小さく、とても強者には見えない。故に誰もが目を疑い、動揺する。

「くそが！　何なんだあの女は！」

「ただの人間じゃねーのか！　勇者でもない癖にこんな……ぐえ！」

サラが悪魔を蹴り飛ばし、吹き飛んだ悪魔は城の壁にめり込む。サラは一人、悪魔の軍勢と戦っていた。

「ここは通しません。アレン様のご命令ですので」

「ふざけやがって！　魔法で消し飛ばしてやるよ！」

悪魔たちは一斉に魔法陣を展開する。狙いは全てサラ一人、勇者でもないただの人間が受けられる数ではない。

「死にやがれ！」

一斉に放たれる魔法。炎、氷、水、風、雷……それぞれに異なる属性の攻撃が一か所に集まる。直撃すれば一たまりもない。

土煙が舞う。

「はっ！　これで……は？」

煙が晴れた先で、サラは無傷のまま立っていた。悪魔たちは驚愕する。

「な……嘘だろ？　直撃したはずなのに」

「この程度の攻撃なら、リリス様のほうがよほど手ごわいですね」

直撃はしてない。彼女は魔法が当たる直前、大剣を横に振った。それにより発生した風圧が、全ての魔法攻撃を退け誘爆したのだ。

いかに多彩で強力な攻撃も、当たらなければ今のサラを傷付けることはできない。聖剣アテナの効果により、彼女は勇者に匹敵する戦闘能力を得ている。

「終わりですか？　では今度はこちらから――――！」

攻撃態勢に入ったサラを足元から触手が掬い上げ、タコの足のようにイボイボした太い触手に拘束されてしまう。

「これは……」

「あらあら、とーっても美味しそうな身体しているわねぇ～」

遅れて現れたのは、アンドラス直属の部下であり上位悪魔の一人、半身はタコに近い触手でうねり、上半身は男だが顔つきは女性というアンバランスな見た目の悪魔である。

サラは拘束を振りほどこうとするが、上手く力が入らない。

「無駄よ無駄。私の足には身体を麻痺させる効果があるの。その代わり、快楽や幸福感は増幅できるの」

「っ……身体が……」

サラの頬が赤くなり、体温が上昇していく。

「苦しくなってきたでしょう？　気持ちよくなってきたでしょう？　そのまま私の虜にしてあげる。あなたとーっても綺麗だから、いっぱい遊んであげるわ」

「……生憎ですが、お断りさせていただきます」

直後、サラを拘束していたタコ足が弾け飛ぶ。

彼女は聖剣アテナの力を大剣から自身へと移し替え、身体能力を底上げし、毒素への耐性を獲得した。

「う、嘘でしょ？　私の拘束を振りほどくなんて」

上位悪魔は驚愕し、後ずさる。

サラは汚れてしまった服を軽く手で払い、大剣にアテナの力を戻して悪魔に迫る。

「私の身体も、私の意思も、全てはアレン様のものです」

「ま、待ちなさい」

「私を縛れるのは世界でただ一人、アレン様だけなのです。私の全てはアレン様のもの……」

「ひ、ひぃ！」

背を向けて逃げ出そうとする悪魔に、サラは豪快に大剣を振り下ろし、両断する。

「この身体に触れていいのは、アレン様だけです」

「が……はっ……」

「許可なく弄ぼうとした罰です。容赦はしません」

「う、嘘だ……こいつ本当に……」

サラは人間である。ただし普通の人間とは違った才能をその身に宿している。そして、最強の勇者アレンの唯一の従者でもある。

「さて、お掃除の続きをしましょうか」

ただの悪魔に負けるほど、甘い相手ではなかった。

◇◇◇

アンドラスの側近の一人、上位悪魔のディケルは巨大なハンマーを振りかぶる。

「おら！」

振り下ろされたハンマーを軽く躱す。ハンマーは地面を砕き、衝撃は壁や天井まで届いている。大した破壊力だ。

「逃がすかよ！」

ディケルのほうは肉弾戦が得意のようだ。巨大なハンマーを軽々と振り回し俺を追い回してくる。だが、本来この程度の攻撃なら——

「なっ……」

「避けるまでもないな」

俺はディケルのハンマーを片手で受け止める。そのまま隙だらけの胴体に蹴りを入れ、ディケルは吹き飛ぶ。

「ディケル！」

「よそ見していていいのか？」

「――!?」

もう一人の側近アルマは中距離から魔法でディケルを支援していた。魔法によって姿を隠して狙撃していたが、声と空気の振動から位置を割り出し、捕まえる。

「そら！」

「ぐはっ！」

肩を摑んで豪快に投げ飛ばす。ちょうどディケルが吹き飛んだ場所と同じところに、二人の悪魔がゆっくりと立ち上がる。

そこへ俺は歩み寄る。

「続きは？」

「くそがっ！」

「我々をなめないでいただきたい！」

「そうこなくちゃな！」

リリスの決着がつくまでの間、この二人で時間を潰させてもらおう。怒りを露わにしながら襲い掛かってくるディケルとアルマを軽くいなす。

「ふざけてんのかてめぇ！」

「なぜ聖剣を使わないのですか！」

「使う必要がないからだよ」

聖剣を行使せずとも、二人を相手にするだけなら十分すぎる実力差があった。それを二人とも実感しているはずだ。

「使ってほしいならもっと全力で来い」

俺は悪魔たちを挑発する。これじゃまるで、俺のほうが悪魔みたいだなと自覚する。リリスやルシファーたちと関わることで、セリフも魔王に寄ってきたのかも。

「ふっ」

「そのニヤケ面（づら）！　叩（たた）き潰してやるよ！」

ディケルがハンマーを振りかぶる。だが届かない。届いてもダメージを与えられない。アルマの魔法も素手で弾（はじ）ける。

戦うほどに消耗するのは俺ではなく、ディケルとアルマのほうだった。

「はぁ……はぁ……」

「っ、ここまでとは……」

「――どうした？　もうギブアップか？」

バラバラと崩れる魔王城の一角で、俺はアルマとディケルの相手をしていた。僅（わず）か数分の戦いだが、すでに決着は見えている。

息も絶えな二名が膝をつき、俺のことを見上げていた。

「情けないな。リリスのほうがまだ根性あるぞ」

「舐めやがって」

「挑発に乗ってはいけません。この男は強い……我々が束になっても……敵う相手ではありません」

アルマは冷静に戦況を分析する。下ではサラが雑兵どもの相手をしている。アテナを有する今のサラには、魔王でも勇者でもない相手は不足だろう。

当然俺にも、この二名では相手にならない。

「なぜ……攻撃を止めたのですか?」

「俺の役目は足止めだ」

「殺すつもりはないと?」

「ふざけてんのか！　これは戦いだぞ！」

「そう、戦いだ。だから生殺与奪の権利は俺が握っている」

俺は二人に冷たく言い放つ。生かすも殺すも、俺の気分次第であることをわからせる。

「死にたいなら勝手にすればいい。だがそれは、決着を待ってからでもいいだろう?」

「……まさか、あの子供が勝つと思っているのですか?」

「舐めすぎだぜ、ウチの魔王様を……気に入らねー野郎だが実力は本物だ。じゃなきゃ俺らがとっくに殺してる」

「ふっ、そっちこそ、うちの魔王様をなめるなよ」

俺は笑みを浮かべる。この四日間の、激しい訓練を思い返す。

彼女の成長速度は異常だった。秘めたる潜在能力は、俺に刃を届かせるほどに。

「あいつは未熟だが、それでも五分に限れば……最強に届く武器を持っている」

お前なら勝てる。

だからリリス、臆さず行け。

『憤怒』の権能が発動したことで、蓄えられた怒りが爆発する。

アンドラスが普段、いかなる時も冷静で穏やかな様相を保っていたのは、怒りを蓄えるためだった。

戦いの場でその怒りを全て発揮するために。怒りっぽい自身の性格を無理やり捻じ曲げていた。彼は、本当は常に苛立っていた。

部下たちの不甲斐なさに、思い通りにいかない戦況に。

蓄えられた怒りは全て、彼の肉体へと回帰する。

「オレをなめやがった罰だ！　泣いてもゆるさねーぞぉ！」

「っ……この魔力は……」

膨れ上がった魔力量は、かつての大魔王に匹敵する。

リリスは集中をし直す。

目の前の敵から目を離さないように。だが、突如としてアンドラスが視界から消えた。

「なっ――」

「こっちだ馬鹿が」

「ぐっ！」

背後に回られ、拳が振り下ろされる。あまりの速さに反応が間に合わず、ほとんどノーガードで受けてしまう。

吹き飛ぶリリスは壁に衝突し、倒れ込む。

「ぐ、がはっ！」

一撃で内臓を損傷し、リリスは大量の血を流す。瞬時に魔力を治癒に回すが、全力戦闘を続けたことで疲弊し、魔力操作が乱される。

リリスが治癒に手間取っている間に、アンドラスの拳が彼女を追撃する。

「ぐっ……回復を……」

「どれだけ強力な力もなぁ～　届かなきゃ無意味ねんだぜぇ？」

予想をはるかに上回るスピードに、リリスは反応できなかった。肉体にダメージが残る。が、こうしている間にも時間は過ぎる。

リリスは即座に立ち上がり、攻撃に転ずる。

「黒劉(こくりゅう)！」

「馬鹿が！　そんなのろい攻撃当たるわけねーだろうが！」

アンドラスは黒い斬撃(ざんげき)を回避した。

そのまま直線的に突っ込み、リリスの眼前に迫る。

「死ね」

「まだじゃ！」

拳が振り下ろされそうになった直前、リリスは周囲に黒劉を拡散する。

目では追えないと判断した彼女は、全方位に攻撃することで対応しようとした。が、それでも……。

「――っと、あぶねーな。カウンター狙ってたのかよ」

「い、今のを……」

躱(かわ)された。明らかに回避不可能なタイミングにも拘(かか)わらず、アンドラスは離れている。

恐るべき反射速度。権能によって身体能力が異次元に強化されている。

「はぁ……っ……」

「なんだ限界か？　でかい口を叩いてこの程度か。所詮はガキだなぁ」

リリスは感覚的に理解していた。すでに時間は残されていない。事実、五分のリミッターまで残り十秒に差しかかる。

決定打のない現状、勝機は薄かった。大人バージョンも終わる。五分経過したら逃げに徹しろ。アレンの言葉が脳裏を過る。

「嫌じゃ……」

それを彼女は否定する。負けたくない。勝ちたい……勝つために頑張ってきたんじゃ。諦めるもんか。

最後の一秒まで絶対……諦めない！

ワシは勝つんじゃ。お父様の理想を叶えるために。ワシのことを……信じてくれたアレンのためにも！

負けられないという意地が彼女を奮い立たせる。

五分、経過する。それでも立ち上がり前を向くリリスに、終焉の魔剣が応えた。

「え……」

リリス自身は気づいていなかった。

ペンダントによる五分という制限時間は、彼女の肉体が自身の力に耐えられる限界である。

故に彼女が成長することで、制限時間は変化する。

大魔王が残したダンジョンを経て、リリスは自身の魔力の扱い方を学んだ。膨大な魔力を制御する術を身に付けたことにより、制限時間は僅かに延びている。

そして……かの魔剣には大きく二つの効果がある。一つは、使用者に無際限の魔力を供給すること。

もう一つは……使用者が持つ魂の強さを獣として具現化させること。

後者の能力に関して、彼女は一度も成功していない。魔獣の具現化は、使用者が持つ魂の強さと、最強のイメージによって構築される。

彼女がもつ最強のイメージ、それは……。

「なんだ……そいつらは……」

「お父様……アレン？」

大魔王サタンと、最強の勇者アレン。二人の影が形を作る。

彼女がこの能力を発現できなかった最大の要因は、彼女自身とイメージする対象との間に、大きすぎる力の差があったからである。

今、この瞬間ようやく……力の距離は縮まった。

「そんな人形——で、は……」

まさに刹那。二つの影は交錯し、アンドラスの身体を切り裂いた。

最強の勇者と魔王のコンビ。それに敵う存在など、この世にはいない。故に、この結末は必然である。

「馬鹿……な……ぐあああああああああああああああああああああああ」

アンドラスが蓄えていた怒りのエネルギーが拡散する。と同時に、結界の制限時間に至る。

漆黒(しっこく)の壁に亀裂が走り、拡散する力の波に押されて砕け散る。

「リリス！」

「あ……」

結界の外で、アレンと視線が合った。

様々な感情があふれ出る。その全てが、彼女を押し出す。

「アレン！」

「おっと！　突然飛び込んでくるなよ」

彼女はアレンの胸に飛び込み、力いっぱいに抱き着く。

大人から子供へと戻り、涙を流しながら。

「勝ったぞ！　ワシが勝ったんじゃ！」

「ああ、よくやった」

『憤怒(ふんぬ)』の魔王との決戦。

勝者は――魔王リリス。

# 第七章　絶望の分岐

漆黒の結界が砕けた。静まり返っていた戦場に、奇妙な亀裂音が響く。

俺は瞬時に視線を向けた。信じている。その言葉に偽りはないが、心配しない理由にはならない。だからホッとした。

毅然として立っている彼女を見て。

「リリス！」

「……アレン！」

思いっきり駆け出し、抱き着いてきたリリスを受け止める。

抱き着く直前に変身は解け、子供の姿へと戻った。

「勝ったのじゃ！　ワシが勝ったぞ！」

「ああ、よくやった」

うれし涙を流すリリス。俺は彼女の頭を優しく撫でてやった。

期待通りの活躍だ。彼女は単独でアンドラスに挑み、見事勝利を収めた。アンドラスだったものはすでに肉体が消滅したのか、どこにも見当たらない。

これで『憤怒』の権能はリリスに――

「「――!?」」

俺とリリスの意識が、何かに吸い寄せられた。

油断していたわけじゃない。攻撃ではなかった。俺たちはいつの間にか、見知らぬ空間に立っている。

何もない真っ白な世界で、俺たちしかいない。

いや……。

「な、なんじゃここ？」

「あれは……」

俺の視線の先にもう一人、見知らぬ男性が立っている。

いいや、人ではない。あれは悪魔だ。それも、誰かによく似た……。

「……お父……様？」

リリスが隣でぼそりと呟いた。

直感的に思った。彼女に似ていると。どうやらその感覚は正しかったらしい。

俺たちの目の前にいるのは、かつて大魔王と呼ばれた偉大な悪魔……。

「……サタン」

イメージとは全然違っている。もっと怖くて恐ろしい存在だとばかり思っていた。

見た目は人間と変わらない。

生まれた子供のリリスがそうであるように、母親も人間に近い見た目だったように、父もそうだったらしい。

思えば大罪の魔王たちもそうだった。悪魔も強い個体ほど、人間の姿形に近づくのか？

よくわからない理屈だ。

「アレン！　お父様じゃ、お父様がおるぞ！」

「ああ」

はしゃぐリリスの隣で、俺は状況を冷静に分析する。

精神世界……ここはおそらく、『憤怒(ふんぬ)』の権能が生み出した世界か？

アンドラスを倒したことで、権能はリリスに移動した。権能は元々、大魔王サタンが全てを所有していたという。

ならば権能にサタンの何かが残されていても不思議じゃない……のか？

俺が巻き込まれたのは、移動の瞬間にリリスと触れ合っていたから？

無理やり理屈を作り、一先(ひとま)ず納得する。

「お父様ー！」

リリスが手を振る。大魔王サタンは動かない。穏やかな表情で、ただまっすぐこちらを見ている。

リリスが彼の元へ向かおうとした。が、叶(かな)わない。

俺たちは、今いる場所から一歩も動くことができなかった。

「う、動けんのじゃ！　お父様！　リリスじゃ！」

「……リリス、あれはおそらく大魔王サタンの影だ」

「影？」

「権能に残された意識の欠片……みたいなものだろう。だから、いくら呼びかけても返事は

……？」

ない、と言いかけたところで気づく。サタンの口が動いている。

何かを話している。

「なんだ？」

遠くて声は聞こえない。だが間違いなく、何かを伝えようとしていた。

「なんじゃ？　聞こえんぞ！」

耳を澄ましてもまったく聞こえない。

音が届いていないんだ。だったら耳で聞くな。唇の動きから、何を伝えたいのかを予想しろ。

ま、だ、お、わ、り、じゃ……ない？

「終わりじゃない？　そう言ってるのか？」

「どういう意味じゃ？」

「わからない。ただ……」

大魔王サタンは何かを知っていた。それが何なのか、今の俺たちには見当もつかない。

わからないまま空間が崩壊する。

いつの間にか俺たちの意識は、元いた場所に戻っていた。

「ア、アレン、今のは……」

「ああ、夢じゃない。俺たちは確かに見たぞ」

大魔王サタンの姿を。彼が伝えたかった言葉を、俺たちはハッキリと覚えている。

「まだ終わりじゃない……お父様は何を知っておるんじゃ」

「さぁな。この戦いのことを言いたいのか。それとも別の……」

俺たちが突然の光景に戸惑っていると、横でアルマとディケルが膝をつく。

「まさか、本当に倒してしまったというのですか？」

「信じられねぇ……」

二人が無事に生還したリリスを見て戦慄(せんりつ)していた。

すでに魔王城に、かの王の姿はない。大罪の権能『憤怒(ふんぬ)』は今、リリスの中にある。

「だから言っただろう？　勝つのはリリスだ」

「「……」」

「俺の言った通りの結果になったが……どうする？　まだ続けるなら相手になるぞ」

俺はリリスを抱きかかえながら、右手に原初の聖剣を握る。

「もちろん、ここからは足止めじゃない。命のやり取りだ」

「「――っ！」」

俺の殺気を感じ取ったのか、両名共に険しい表情を浮かべる。このまま戦いになる可能性も考慮している。

その時は……。

「待つのじゃアレン」

「リリス？」

「ワシらは無益な殺生を望んでおらん。のう？」

「……そうだな」

あくまで俺の言葉は脅しだ。戦いをやめないなら仕方がなく相手をする。ただし、戦う気がないのなら別だ。

「外で戦っている連中を止めてくれ。そうすれば、俺たちは何もしない」

「正気か？　頭を潰したなら、普通他の連中も皆殺しにするだろうがよ」

「我々を見逃すというのですか？」

「もちろん、このまま見逃すつもりはない。お前たちにはこれから、俺たちの配下に入ってもらうぞ」

大罪会議で魔王たちと対面した。

一人の魔王が、国や領地を有し、強大な権力を振りかざす。まるで人間界の王政にように。

あの時悟った。彼らと対等に争い、優位に立ち回るためには仲間がいる。

俺たちだけじゃ足りない。強く、頼もしい同胞の存在が不可欠だと。

「悪魔の社会は強さが全て。敗者は勝者に従うもの……そうじゃないのか？」

「……はぁ」

「その通りだよ。オレらは負けた……なら、これからはあんたらが頭だ」

「全軍に撤退の命令を下しましょう。戦いは……終わりです」

こうして、大罪の魔王と新参者の戦いは幕を下ろした。

この日、間違いなく歴史が動いただろう。

アンドラスとリリスの戦いは、魔界でも多くの者たちの注目を集めた。

たかだか新参者の魔王が挑む。本来ならば気にも留めない。勝敗のわかりきった戦争だが、
此度(こたび)は違う。

『最強』の称号を持つ勇者アレン、彼が参戦している。その時点で、勝敗は大きく傾いた。

特に同じ名をもつ大罪の魔王たちにとって、この一戦は衝撃的だっただろう。

「勝ったみたいだな。リリスとアレンは」

「そうみたいね」

「安心したか？　どうなるか心配してたのだろう？」

ルシファーがキスキルに尋ねる。キスキルは目を伏せ、答える。

「勝敗は最初からわかっていたわ」

「……確かに、アレンが本気を出せばアンドラスも敵わないか。だが冷や冷やしたのではないか？　娘が一人で挑むと知って」

「ふふっ、それこそ勝敗はわかりきっているわよ」

二人は特殊な魔導具で、戦況を見ていた。

勝利し、嬉しそうに笑うリリスを見ながら、キスキルは微笑む。

「あの子が……私たちの娘が負けるはずないもの」

「素直じゃないな」

アンドラスとの戦いを終えて、一週間後。俺たちは久しく忘れていた日常を取り戻していた。
「今日も特訓だぞ」

「うぅ……今日もやるのかぁ？」

「当たり前だ。敵がいつ攻めてくるかわからない。一秒でも早く強くなれ」

「厳しいのじゃ～　ワシはもっと優しいアレンがす、好きじゃぞ？」

リリスは上目遣いで俺に迫る。どこで覚えてきたんだその感じ……。

俺はため息をつく。

「そうかそうか。だったら……特訓しながらたっぷり可愛（かわい）がってやろう」

「その言い方は変態じゃ！」

俺とリリスは相変わらずだ。大罪の一柱を倒しても、浮かれている時間はない。むしろこれで、リリスに対する他の悪魔たちの認識も変わっただろう。

危険な存在だと認識されれば、自（おの）ずと襲われる可能性も増える。

本当に大変なのはこれからだ。

「にしては平和じゃ。あれから特に襲われることもないぞ？」

「今だけだよ。どうせすぐ慌ただしくなる」

「本当かぁ？」

リリスは疑うような視線を俺に向ける。なんだか俺に対する態度も軟化したというか……距離が近くなったというか。

馴（な）れ馴（な）れしくなった気がするのは気のせいだろうか？

「今が平和なのは、情報が不完全に広まっているからだろうな」

「というと？」

「リリスがアンドラスを倒したことに加えて、俺の存在も広まった。今まで魔界でも一部しか知らなかったことが魔界全域に拡散された」

アンドラスを倒した魔王リリスと、最強の勇者である俺が一緒にいる。そんな鬼門にわざわざ攻め入る馬鹿はいない。

故に、誰も手を出せずにいる。

「なら安全ではないのか？」

「ただの魔王ならな。大罪には関係ない。あいつらは俺のことも知っていた。それを踏まえて対策できるだけの手段を持ってる連中だ」

大罪は残り六人いる。

魔王ルシファーはともかく、大魔王の元部下だったベルゼビュートとベルフェゴール。この二体の悪魔の真意はわからないままだ。

俺たちと真っ向から敵対する気なら、アンドラス以上に手ごわいだろう。

他の大罪の魔王たちも、これをきっかけに警戒を強め、俺たちを倒すための対策を講じるはずだ。攻略する側が、攻略される側に回る。

その意味合いの恐ろしさを、俺は嫌というほど知っている。

「注目されるほど敵が増え、対策もされる。どんどん厄介になるんだ。勇者時代、戦う魔王がどんどん手ごわくなった。俺の戦い方を研究して、罠や対策を用意してくる魔王もいたんだぞ」

「ワシも対策されるのか……なんじゃ、悪い気分じゃないのう」

ニコニコ顔のリリスに呆れる。

周囲に認められることが嬉しいのだろう。

「浮かれてる場合じゃないって」

「わ、わかっておるぞ！　ワシももっと強くならんといかんのう！」

「そうだ。だから特訓を続けるぞ」

「うぅ……丸めこまれてしまったんじゃ」

自ら納得させる墓穴を掘ったリリス。強くはなっても、まだまだ口では子供だな。

そういうところも彼女らしいと思ってしまう自分が、ちょっぴり悔しい。

「さて、続きを……ん？」

「サラじゃ」

戦闘訓練を再開しようとした。そこへサラがやってくる。

「特訓中に失礼します。アレン様とお話がしたいという方から」

「俺に？」

彼女が持っているのは通信用の魔導具だ。

手鏡の形状をしていて、遠く離れた場所から互いの顔を見て話すことができる。

以前、ある魔王から貰（もら）った。対になるもう一つは、その魔王が持っている。この魔導具を持ってきた時点で、話の相手は決まっていた。

「何の用だ？　ルシファー」

「いきなりご挨拶だな。せっかく俺のほうから連絡してやったというのに」

「別に頼んでない」

「ふっ、生意気な態度だ。そんな態度を俺に取れるのは、世界でもお前くらいだろう。勇者アレン」

お互いに皮肉を言い合い、馬鹿らしくて笑ってしまう。

一応、俺たちは敵同士なんだけどな。こうしてちょくちょく連絡が来て話す機会があるんだ。

「リリスもそこにいるのか？」

「うむ、いるのじゃ」

「そうか。アンドラスに勝利したみたいだな」

「うむ！　ワシが勝ったのじゃ！」

えっへんと自慢げに、彼女は腰に手を当て胸を張る。

残念ながら魔導具は俺のほうを向いていて、彼女の姿は映っていないぞ。

「これでお前も大罪の一柱。『憤怒（ふんぬ）』の魔王リリスか……あまり似合わない肩書だな」

「そうでもないぞ。ぴったりだ」

「何じゃアレン！　それではワシがいつも怒っているようではないか！」

「違うか？　今もだろ？」

「怒っておらんぞ！」

とか言いながら、プンプンと頬を膨らませる。全然説得力がなくて笑ってしまいそうだ。

「はははは、確かにピッタリだな」

魔導具の向こう側で、俺の代わりに笑ってくれていた。

ルシファーは続けて言う。

「怒りは抑えられるように訓練したほうがいい。憤怒の権能は、ため込んだ怒りを力に変換する。常日頃から発露していては、上手く効果を発揮できないぞ」

「さすがに知ってるか。権能の内容を」

「当たり前だ。元々それは、大魔王様が使っていた力だからな」

大魔王サタンの強さを知っている。ならば誰しも、大罪の権能の効果を知っているわけか。

かくいう俺も、以前に大罪の魔王とは戦ったことがある。憤怒は知らなかったが、色欲と強欲は経験があるぞ。

「で、何の用だ？　わざわざ称賛を送りに連絡したわけじゃないだろ？」

「ああ、もちろん用件がある。近々大罪会議が開かれる。お前たちも出席しろ」

「大罪会議？　この間やったばかりじゃろ？」

「本来はもう少し先だった。が、大罪の一人が変わったからな。今回は予定を早めて開催する。今から一週間後だ。場所は同じく、俺の城でやる」

「お母様もおるのか？」

「もちろんだ。彼女もお前に会いたがっているはずだ」

キスキルの存在をあげられて、リリスのテンションが上がっている。

大罪会議の参加に拒否権はないらしい。

また五日間かけて移動か。本当に出たり戻ったりばかりだな。勇者時代とあまり変わっていない気がするけど……。

「またお母様に会えるのじゃ！　のうアレン！　お父様のこと、教えてあげないといかんのう！」

正直、今のほうがずっと充実している。

忙しさは同じでも、やりがいが全然違うんだ。

「そうだな」

「父親？　大魔王サタンのことか？」

「ああ。権能を奪った時、サタンの影に会ったんだよ。お前たちもそうじゃないのか？」

「……いや、そんな経験はない。聞いたこともないな」

ルシファーは否定した。

意外だった。てっきり、権能を手に入れるとき、必ず大魔王と対面する仕組みなのかと。

だとしたら……あれはなんだったんだ？

俺たちの前だけ特別に現れて、一言だけ伝えて。

「その話、俺も興味がある。詳しく聞きたいが……どうやら来客だ。会議の日にゆっくり聞かせてもらうとしよう」

「ああ、俺も聞きたいことが増えた」

大罪の権能と、大魔王サタンの繫がり。俺たちが知らないだけで、もっと何かあるんじゃないか？

かつての部下であり、大罪を組織したルシファーなら、何か知っているかもしれない。

会議の日に問い詰めてやろうじゃないか。

「またのうルシファー！　お母様にもよろしく伝えておいてくれ！」

「ああ。お前たちも気を付けるといい」

最後に言い残し、通信が終わる。別れの挨拶にしては、いささか雰囲気が違ったような……。

道中に気を付けろ、という意味か？

ルシファーの表情がひっかかる。来客だと言った時、少しだけ険しい顔をした。

「何かあったのか？」

「何がじゃ？」

「……いや、なんでもない」

仮に何かあったとしても、ルシファーなら問題ないだろう。

キスキルも一緒にいる。心配するだけ無駄だ。

「一週間後か……よし、準備をせねばな」

「明日からな」

「うっ……ごまかせんかったか」

「騙せるわけないだろ。今日は特訓の続きだ。準備は明日すれば十分に……」

空気がひりつく。微かに異なる気配が集まっている。

「どうしたんじゃ？」

「……何か来る。それも一つじゃない」

数は二……三体？

魔力が違う。加えてこの圧力は……魔王だ。

「二人とも警戒しろ！　敵襲だ」

ここまで接近されれば、嫌でも気配を感じる。

俺が感じた僅かな気配は強大化し、リリスとサラにも届く。迫る魔王は三体。姿が見える前に、嫌な予感が過る。

その予感が――

的中する。


「なっ……あやつらは……」

「ああ」

三体の気配を感じた時点で予想はしていた。

「大罪の魔王同士が結託したか」

この展開も、頭になかったわけじゃない。だが可能性としては低いと考えていたんだ。

「意外そうな顔だわねぇ～　ぐひひひひ」

「ひゃーはー！　てめぇらだって散々同盟とか組んでんじゃねーかよ！」

「自分たちだけ特別と思うのは、よくありませんよ」

大罪の三柱。

『色欲』の魔王アスモデウス。

『強欲』の魔王マモン。

『嫉妬（しっと）』の魔王レヴィアタン。

大魔王の部下ではなかった新鋭の魔王たちが、揃（そろ）って俺たちの城へやってきた。

どう見ても、仲良くしようって雰囲気じゃない。全員から殺気が漏れ出ている。

「アンドラスが死んで焦ったか？　わざわざ揃って俺たちを潰しに来るとは意外だった」

「勘違いしないでほしいだわねぇ～　あっしらの目的はお前じゃねーのよぉ」

「魔王の小娘ぇ～　てめぇが奪った権能を取り返しにきたんだよ」

「リリスの権能が目的か」

予想通り。どちらにしろ、ここで戦う以外の選択肢はなさそうだ。

「アレン」

「二人は下がれ、自分たちの身の安全を最優先しろ」

俺はサラに聖剣アテナを分け与える。

戦うためではない。アテナの名の通り、守るために。相手は魔王の中でもトップクラスの猛者たち……しかも三体同時だ。

「さすがに気を回している余裕がない」

全力で相手をしなければ、負けるのは俺だ。

「安心してください。そちらの相手は私たちではありません。ちゃんと、適任がいますわ」

「適任？」

「ええ、私たち以上に……力を取り戻したいと思っている彼が――」

脳裏に過る。ありえないことだが、大魔王の言葉も一緒に思い出す。

まだ終わりじゃない。

戦いが終わった直後のセリフ。言葉通りに受け取るべきじゃないと思っていた。だが、考え過ぎたか。

リリスの足元の地面が変形し、彼女を潰すように拘束する。

「ぐあっ！」

「リリス！」

地面の形が変わった。

この力は錬金術だ。つまり、四人目の相手は――

「返してもらうぞ～　クソガキがぁ！」

「な、アンドラスじゃと?」

リリスが倒したはずのアンドラスが生きている。

変わらぬ姿で、五体満足で。怒りに満ちた表情を見せながら。

「ど、どういうことじゃ……ぐっ」

「サラ！」

「かしこまりました」

拘束されているリリスを、サラの大剣が救出する。

破壊した瓦礫を蹴って移動し、リリスを抱きかかえたサラが俺の元へ戻る。

「助かったのじゃ」

「油断するなリリス。あれは以前のアンドラスじゃない。明らかに……」

「わかっておるのじゃ。あやつ……魔力が上がっておる」

どういう理屈だ？

死んだはずの悪魔が復活し、しかも数段強化されている？

意味がわからない。こんなこと初めてだ。混乱と迷いが心を曇らせる。だが今は、悩んでいられる状況じゃない。

「アンドラスは二人で相手をしろ。三体は俺がやる」

「うむ」

「了解しました」

からくりは不明だ。強化されていることも把握した上で、二人なら勝機はある。

最悪きついなら、俺が手早くこいつらを片付けて援護すればいい。いや、今の成長したリリスならきっと……。

「行くのじゃ！　……え？」

動揺が走る。

ペンダントの効果を発動しようとしたリリスが、絶望した表情を見せる。

「そんな……ペンダントが……」

「馬鹿な奴だ！　俺が触れたんだぞ？　そんなもの、壊せないわけねーだろうがぁ！」

「まさか……」

リリスが首につけているペンダント。その核である宝石が砕かれている。

これでは大人バージョンに変身できない。

「くそっ」

「いけませんわ？　あなたの相手は私たちでしょう？」

背筋が凍る寒気がした。比喩ではない。瞬間、俺の右腕が凍結する。

「ぐっ……」

「アレン様！」

「かまうな！　お前はリリスを守ってくれ！」

「――はい！」

戦況は一変してしまった。リリスが戦えない以上、こちらの勝機は薄い。俺一人ならともかく、リリスとサラを守りながら戦うなんて絶望的だ。

「オーディン！」

暴風の聖剣。この力で周囲の大気を操り、彼女たちも援護する。

その前にこの氷を剥がす。

右手首だけだった凍結が、次第に肩までせりあがってきている。オーディンの力で砕かなければ全身凍結していただろう。ただの氷じゃない。

魔法かと思ったが、おそらく『嫉妬』の権能だ。

「まるで細菌だな」

一か所でも凍結すれば、そこから一気に全身へ広がる。さらに凍結された箇所の感覚が消滅した。凍結した対象の機能を停止させる効果もある。

もし全身凍ってしまえば、俺は死ぬ。

「よそ見は感心できませんねぇ〜」

続けて『色欲』の権能が発動する。

突如として風景が変わる。桃色の空から、これまで倒してきた魔王たちが姿を見せる。

「幻術か」

これが『色欲』の権能。恐ろしくリアルな幻術を作り出す。

迫る魔王たちの気迫は本物のそれに近い。だが、これが魔王の力による幻術であれば、対処法はある。

「来てくれ――フォルセティ」

真実の聖剣フォルセティ。この聖剣を手にしている間、俺はあらゆる真実を見抜く目を手に入れる。他人の嘘を見抜く加護も、この聖剣と繋がっていた。

フォルセティを持つ俺にまやかしは通じない。あらゆる真実を見抜く目は、他人の心すら覗き見ることができる。

さらにこの力は、直後の未来すら見る。

「今度はお前か――強欲！」

「ひゃっはー！」

黄金の斧（おの）を振り回し、俺に向けて振り下ろす。フォルセティの効果で幻術から抜け出した俺は、ギリギリで攻撃を回避する。

マモンの一撃は地面に衝突した。瞬間、触れた箇所が黄金に変化する。

『強欲』の魔王マモン、奴（やつ）がもつ権能はもっとも厄介だ。

「触れたものを黄金に変える力か！」

「正解だっぜ～　ちなみに聖剣も例外じゃないんだぜぇ～」

続けて攻撃を仕掛けてくる。俺はオーディンの力で突風を生み出し、マモンを吹き飛ばす。

おそらく聖剣も触れれば黄金化してしまうのだろう。

この上なく面倒な能力だ。これで三体の権能は知れた。強力かつ厄介だが、相手にする分には問題ない。

問題は俺じゃない。

「っ……」

「サラ！」

「心配いりません。平気です」

サラは額から血を流す。アンドラスは地面を支配し、巨大なゴーレムとドラゴンを生成していた。さらに地形を巧みに利用している。

強靭な肉体を持つサラが相手でなければ、とっくに決着はついていた。

「中々やるじゃねーか人間！　だがな？　そんな借り物の聖剣じゃほとんど力を発揮できてねぇー！　勇者もどきがオレに敵うわきゃーねーだろうがぁ！」

「ぐあ」

「サラ！」

事実その通りだった。加えてサラは戦えないリリスを庇っている。

満足に動けていない。

「すまんサラ、ワシが油断したせいで……」

「気にしないでください……誰も気づけなかった、なら、全員の責任です」

呼吸を乱しながら彼女は言う。

「アレン様はきっとそうおっしゃいます」

「サラ……」

「――そろそろ飽きたな」

満身創痍の二人に、アンドラスが迫る。

「終わらせるぞ。その力はオレのものだ」

二人が窮地に陥っている。

相当まずい状況だ。今すぐにでも助けに行かないと。

「まーだよそ見かよ」

「いけない人ですね」

『嫉妬』と『強欲』、二つの力が迫る。回避しようとした俺の視界に、『色欲』の魔王が映る。

フォルセティの効果対象は一人のみ。意識がそがれ、奴が対象から外れていたことに遅れて気がつく。

「しまっ――」

迫っている二人は幻影。すでに二人は俺の身体に触れていた。

右手が凍結し、左手が黄金になる。

「くそっ！」

咄嗟に振りほどき、二人を吹き飛ばす。

聖剣の力を体内で循環させ強化すれば、権能の力に対抗できるはずだ。

「おおおおお！」

凍結と黄金化を無理やり治癒させる。

なんとか回復を間に合わせる。が、大きく隙を作ってしまったのも事実。二人が畳みかけ、俺に迫る。

　このままじゃ二人を――

「――何をしているんだい？　最強」

　その時、一筋の光が俺の元に降り注ぐ。

　俺はその光をよく知っている。かつて競い合い、対立しあい、分かり合った……旧友の光。

「お前は……」

「君らしくないよ、勇者アレン」

「レイン」

　光の聖剣アポロン。その光に阻まれ、魔王たちは退く。

「勇者レイン？　どうしてあなたがここにいるんですかねぇ～」

「そんなの決まっている。僕が勇者だからだ」

「……理由になってないぞ？」

「ははっ、君なら理解できるだろう？　同じ勇者なんだから」

　わからなくもない。誰かのピンチに駆け付ける。

　それはまさに、勇者らしい。

「――リリスとサラが」

「大丈夫だよ。僕が来ているんだ。当然、彼女も一緒だよ」

リリスとサラにアンドラスの攻撃が迫る。

「潰れて死ねやゴミ共！」

「「っ――」」

「女性にそんな汚い言葉を使ってはいけませんよ？」

ゴーレムの拳が砕かれる。強靭な鋼の鉱物も、彼女が持つ聖剣と怪力の前では無力だった。

巨大な十字架を片手に、彼女は降り立つ。

「悪いことはしていませんか？」

「フローレア様？」

「あの時の変な勇者なのじゃ！」

「あらあら、変なとは心外ですねぇ」

馬鹿にされてもニコやかに笑っている。

『最善』の勇者フローレアが、窮地の二人を救ってくれた。

「勇者だと？　なんでお前らが邪魔をする！」

「あらあら？　おバカさんなの？　勇者が魔王の邪魔をするなんて、当然のことでしょう？」

フローレアが一緒なら大丈夫だ。

「……よかった」

「気を抜かないほうがいいよ、アレン。まだ彼らは元気だ」

「――！　ああ」

俺もこっちに集中できる。

「……これは、いけませんねぇ」

「チッ、ここまでじゃん」

「引き時です。アンドラス！　そろそろ戻りましょう」

「はぁ？　まだオレの力は――ちっ、わかったよ」

まだ戦う気満々に見えたアンドラスが、突然シュンとなって落ち着く。その変化に違和感を覚え、フローレアが首を傾げた。

「命拾いしたなクソガキとクソアマ！　次は踏みつぶしてやる」

「くっ……アンドラス」

「最後まで汚い言葉、反省がありませんね」

大罪の悪魔たちが撤収する。追うこともできたが、この状況では無意味だ。

一先ず今は、皆の無事を喜ぼう。

「助かりました。フローレア様」

「いえいえ、間に合ってよかったです。あなたも、無事で何よりです」

「う……助かったのじゃ。感謝する」

「ふふっ、どういたしまして」

フローレアに助けられたのが不服だったのだろう。むすっとしながらも、ちゃんとお礼を口にするところに成長を感じる。

「本当に助かった。ありがとう、レイン」

「いいさ。君には大きな借りがあるからね」

「借り？　何か貸してたか？」

レインは呆れたように笑う。

「でもどうしてここに？　偶然ってわけじゃないだろ？」

「ああ、偶然じゃない。君たちを助けに……いいや、君たちの力を借りたくて来たんだよ」

「どういう意味だ？　何があった？」

「……アレン、王国を去った君にこんなことを頼むのは……」

レインは言いよどむ。いつになく歯切れが悪い。

王国で何かあったのか？

「いいから話してくれ。助けられたんだ。今度はこっちが協力する」

「……僕たちと一緒に、戦ってほしい。このままじゃ人類は……いいや、世界の秩序は崩壊する」

大げさな言い回しに疑問が湧く。

具体的なことは口にしていない。

そこが余計に不気味で、不自然だった。ただただ、レインの表情からは似合わない……絶望が感じられる。

「何があった？」

「……気づけなかった。ずっと近くにあったのに、僕たちは知らなかった」

「何に？」

「繋がっていたんだよ。王国と魔王たちは、ずっと前から結託していたんだ」

「なっ……」

王国が……魔王と？

衝撃に動揺を隠せない。そんなこと、絶対にありえない。いいや、あってはならないことだから。

「本当なのか？」

「ああ。君たちを襲った三名、いや四名か。彼らは王国と繋がっている。すでに陛下と大臣たちは……魔王の傀儡だ。王都にいた勇者の大半も……」

「……冗談だろ」

否、レインが言うんだ。冗談であるはずがないだろう。

今や人類を代表する勇者が、こんなバカげた嘘をついてまで魔界に来るはずない。つまり、全て事実なんだ。

「じゃあ他の勇者たちは？　そうだ、あいつは？　ランポーは？」

「僕なら無事ですよ」

俺の心配に応えるようにランポーが姿を見せる。どこも怪我をしている様子はなく、いつも通りの笑顔を見せてくれる。

「よかった……無事だったのか」

「はい。僕は情報通なので、この事態にもすぐに気づきましたから。王国からの刺客が追っては来ましたけど、すぐに逃げました」

「そうか……」

ランポーのところにも魔の手は迫っていた。無事で済んだのは、彼女の勤勉さや運のよさもあってのことだろう。

ホッとする一方で、ゾッとする。

「……レイン」

「ああ、詳しい話はこれから伝える。だが、これだけは確かなことだよ」

世界が震撼する。

空気が、大地が揺れる。

「もうすぐ始まる。過去最大の……侵略戦争が」

俺たちは立ち向かう。

勇者と魔王、その存在意義を問いただす戦いに。

# あとがき

読者の皆様お久しぶりです。日之影ソラです。

一巻から引き続き、皆様とこうして再会できたことを心から嬉しく思います。

そして今回も、本作を手に取ってくださってありがとうございます！

パワハラに耐えながら戦っていた最強勇者と、最弱だけどポテンシャルは無限大なちびっこ魔王の物語第二弾！

七大罪の魔王の登場や、リリスにとっても因縁の相手との邂逅もあり、一巻以上にハラハラドキドキする展開が続いたと思います。

いかがだったでしょうか？

少しでも面白い、続きが気になると思って頂けたなら幸いです。

本作は元々、小説家になろうにて連載していた作品を、改稿・加筆しております。第二巻ではWEB版には登場していないキャラクターが登場しておりますね！

勇者として戦いながら、商人としても活動してお金を集める異色の勇者ランポー。彼だと思っていたら彼女だったりと、いろいろ秘密を抱えているキャラクターでした。

個人的にランポーのように中性的で、性別を隠しているキャラクターが実はこっちだったとわかる展開は好みだったりします。

もっともランポーの場合は、アレンが鈍感すぎて気づいていなかっただけですけどね！

第二巻はＷＥＢ版から大きく話を追加しておりますので、ほぼ半分くらいはオリジナル展開となっております。

ＷＥＢ版から読んで頂いている方にも、楽しんで頂けたなら幸いです。


そしてついに！

コミカライズ版がマンガワンにて連載開始されました！

作画を担当してくださるのは島崎勇輝（しまさきゆうき）先生です。とても動きを描くのが上手（うま）い漫画家さんで、本作を何倍も面白くしてくださっております！

気になる方はぜひぜひコミカライズ版も覗（のぞ）いてみてくださいね！


最後に、一巻から引き続き素敵なイラストを描いてくださったＮｏｙ（ノイ）先生を始め、書籍化作業に根気強く付き合ってくださった編集部のＷさん、ＷＥＢ版から読んでくださっている読者の方々など。本作に関わってくださった全ての方々に、今一度心より感謝を申し上げます。

それでは機会があれば、また三巻のあとがきでお会いしましょう！

# GAGAGA
## ガガガブックス

**パワハラ限界勇者、魔王軍から好待遇でスカウトされる2**
**～勇者ランキング1位なのに手取りがゴミ過ぎて生活できません～**

**日之影ソラ**

| | |
|---|---|
| 発行 | 2024年1月23日　初版第1刷発行 |
| 発行人 | 鳥光 裕 |
| 編集人 | 星野博規 |
| 編集 | 渡部 純 |
| 発行所 | 株式会社小学館<br>〒101-8001 東京都千代田区一ツ橋2-3-1<br>［編集］03-3230-9343 ［販売］03-5281-3556 |
| カバー印刷 | 株式会社美松堂 |
| 印刷 | 図書印刷株式会社 |
| 製本 | 株式会社若林製本工場 |

©HINOKAGE SORA　2024
Printed in Japan　ISBN978-4-09-461169-4

造本には十分注意しておりますが、万一、落丁・乱丁などの不良品がありましたら、「制作局コールセンター」（フリーダイヤル0120-336-340）あてにお送り下さい。送料小社負担にてお取り替えいたします。（電話受付は土・日・祝休日を除く9:30～17:30までになります）
本書の無断での複製、転載、複写（コピー）、スキャン、デジタル化、上演、放送等の二次利用、翻案等は、著作権法上の例外を除き禁じられています。
本書の電子データ化などの無断複製は著作権法上の例外を除き禁じられています。
代行業者等の第三者による本書の電子的複製も認められておりません。

**ガガガ文庫webアンケートにご協力ください**
**毎月5名様 図書カードNEXTプレゼント！**
読者アンケートにお答えいただいた方の中から抽選で毎月5名様にガガガ文庫特製図書カードNEXT500円分を贈呈いたします。
http://e.sgkm.jp/461169
**応募はこちらから▶**

（パワハラ限界勇者、魔王軍から好待遇でスカウトされる2）